메모 정리

CONTENTS

01 프롤로그

　　고등학교 1학년 시절 어느 날, 노트 표지에 기(記)라고 쓰고 문득 떠오르는 것들을 적기 시작했다. 대학에 들어간 후 공책에 적은 걸 컴퓨터에도 입력했다. 그러다가 어느 순간부터 '한글'로만 작성하기 시작했다. '엑셀'에 적합한 건 시트로 만든 것들도 있다. 거의 모든 것을 버리고 신상을 정리했던 때가 있었는데 그때 그 공책도 같이 버렸다. 전혀 상관없다. 다만, 맘에 들지 않았던 해를 파일에서 통으로 삭제한 적이 있었는데 그건 좀 과하지 않았나 싶다. 요즈음은 일기가 되었다. 사실 이게 업무일지 수준이어서 특별한 내용은 없다. 갑진년 봄을 기준으로 1,200페이지 정도 되는데 일자별로 여백을 준 것을 고려한다면 실제량은 훨씬 더 적다. 다시 살필 때마다 살짝살짝 속내를 적은 것들을 보며 미소 짓는다. 이번에 정리한 메모들과는 별개지만 시작과 유래는 사실 그것이다. '그때 확실히 뭐였지?'하고 찾아봤을 때 나오는 것들! 꽤 쓸

만하다. 기록했다면 말이다. 어려운 상황에서는 적은 게 많아지고 생각이 급변하기도 한다. 구체적으로 대상을 적시하지 않은 것들도 있는데 이게 대체 누구 얘기인지 기억나지 않아 안타깝기도 하다. 알고 보면 사람 마음 다 똑같다. 생각도 다 거기서 거기다. 이승의 질서에 관해서는 공자님과 그분의 제자들이 이미 수천 년 전에 완벽하게 정리하셨다. 이 말씀이 논어에? 이런 것들이 허다하다. 중용은 쉽지 않다. 그걸 담으려면 능력과 시간이 필요하다. 이 세상에 유학만 있던가? 훌륭하고 뛰어나신 분들이 얼마나 많았던가? 세상을 바라보는 시각은 또 얼마나 다양한가? 새로운 정보를 대할 때마다 이미 어디선가 보고 들은 것 같다. 예쁘고 재능있는 사람들은 왜 이리 많은지… 각종 신제품에 추가되는 놀랍고 신기한 새로운 기능들… 모든 게 차고 넘쳐 숨이 막힌다. 이 많은 것들을 어떻게 엮고 정리할지는 개인의 선택이다. 우주의 숫자가 10의 500승만큼 있고 그곳마다 다른 진리가 있다는 주장도 있다. '지금, 이 상황에서 어떻게 할 것인가?' 여러 가지 가능성을 검토하고 이 상황에서 어떤 게 최선인지 고민한다. 지난 일은 그 무엇도 되돌릴 수 없고 미래는 걱정해봐야 내 앞에 오지 않았다. '지금, 이 순간을 살아야 한다.' 진정 그렇게 하고 싶다. 미치도록 간절하고 절실하게! 그럴듯하게 뭔 말은 못 하고 뭔 글은 못 쓰나? 중요한 건 어떻게 실천하느냐? 바로 그것이다. 하지만 여기서 작은 의문이 생긴다. 도대체 지금을 산다는 게 뭘까? 흔한 말이고 수많은 사람이 한 말이다. 솔직히 말해서, 그게 뭔지 정확히 모르겠다. 또한, 지금 내가 지금을 살고 있는지 확신이 없다. 아직 너무 부족하고 갈 길이 멀다. 이미 여섯 번째 대멸종은 시작되었다. 기후변화, 공기 오염, 전염병 창궐… 여기서 더 좋아지진 않을 것이다. 지구는 지구의 갈 길을 갈 뿐이다. 이 상황에 맞춰 미래를 설계할 수밖에 없다. 이런 엄중한 상황에서 굳이 이런 글을 책으로 만들 이유가 있을까? 부족한 식견과 좁디좁은 시각으로 아무 말이나 막 하는 건 아닌지 염려가 크다. 단편적인 생각과 느낌이 무슨 의미가 있을까? 우습기도 하고 부끄러운 마음도 있다. 반면 혼란과 함께 일관된 기조와 정돈된 질서가 없지 않다. 어떻게 살았는지 돌아보고 무겁지 않은 실체를 발견할 수 있었다. 어차피 전부 지워지고 언젠가 흔적도 없이 사라지겠지만, 그런데도 기어이 이승에 헛된 업을 남기기로 했다. 어느 이름 없는 시민의 사소하고 단순한 일상이라도 완전히 무의미하다고는 생각하지 않는다. 세상천지에 하나뿐인 호흡대로 자신의 길을 가는 것은 최소한 본인에겐 의미 있다. Detail, Trivialism… 그런 게 다 뭔가 싶지만, 작은 일들을 통해 자신과 타인의 참모습을 조금씩 알아가는 것! 그게 진정한 참이 아닌가 싶다. 영원을 꿈꾼 적은 없다. 뭔가 이루고 싶었는데 아직 그러지 못했다. 돈과 권력을 가진 자들이 그것을 놓아야 할 때 얼마나 슬플까? 실패와 상처를 놓아주기도 쉽지 않다. 계속 흔들고 괴롭힌다. 안아주고 위로해봐야 자기연민에 빠질 뿐이다. 심하게 따져 물어봐야 그 무엇도 변하지 않는다. 저 멀리 보이지 않는 곳으로 치우고 싶은데, 가지 않는다. 그저 놓는 거다. 그래야 안 보이는 구석 모퉁이에 처박혀 가만히 있을 것이다. 깨끗이 정리하고 모두 묶어 저 멀리 보내려 한다. 그저 그뿐이다.

02 학창시절

초등학교 2학년 시절 어느 날, 학교에 갔다가 그날 꼭 필요한 준비물을 안 가져가서 다시 집으로 돌아와 가져갔는데, 그 과정에서 초조하고 불안했던 기억이 지금도 잊히지 않는다. 도대체 왜, 특히 그 순간이 그런지 알 수 없다. 또한, 학급회의 도중에 반장과 회장 중에 누가 위인지 아이들끼리 심하게 논쟁을 벌였던 것도 어제 일처럼 느껴진다. 소풍 갔을 때 엄마가 오시지 않아 김밥 못 먹고 울고 있으니까 담임선생님이 불러서 같이 먹자고 하셨는데 안 먹고 버텼다. 엄마는 지나가는 경운기를 얻어 타고 한참 늦게 오셨는데 그 일을 다시 여쭈면 "서툴러서 그랬지, 뭐…" 하시며 멋쩍게 웃으신다.

초등학교 3학년 때 담임선생님께서는 뭘 가르쳐 주시고 마지막에 꼭 "알아들었느냐?" 이렇게 말씀하셨다. 그러면 아이들은 "예이~~~" 이렇게 대답했다. 우리 시대에 만날 수 있었던 마지막 훈장님, 도시락 크기의 라이터를 쓰셨는데 그거 요즘도 구할 수 있을까?

어린 시절 극장 할인권을 얻어 '로봇 태권브이'를 보러 갔었는데 동네 꼬마 녀석들은 거기 다 모여 있었다. 한 번 보고 복도에 앉아 또 보고, 밥 굶고 또 보고! 악당을 물리칠 때마다 눈물을 흘리며 주제가 따라 부르고! 인간이 되고 싶고, 행복과 기쁨을 알고 싶은 메리에 연민을 느꼈다. 깡통 로봇을 보면서 웃었지만, 지금은 우습지 않다. 깡통을 뒤집어 쓰고 주인공을 받쳐주는 캐릭터, 그게 우스운가?

텔레비전에서 하던 만화 영화 중에 '슬기 돌이 비키'라는 것이 있었다. 위기에 처할 때 바이킹 꼬마가 코를 만지면 해결책을 찾아내는 게 이야기의 큰 줄기였는데 어느 날 방송이 중단됐다. 바이킹이 해적이라서 그랬던 거 같은데 도대체 이해할 수 없었다. 바이킹의 아들로 태어난 게 잘못인가? '똘이 장군'이라는 만화 영화가 있었다. 북쪽과 전쟁을 해서 그들이 우리의 적이라는 것은 맞지만 왜 그들을 여우나 늑대 같은 동물로 묘사하는지 그 당시에도 이해할 수 없었다. 분명 우리는 같은 민족이고 사람인데 말이다.

초등학교 4학년 때 담임선생님께서 나를 평하길 "**이는 성격이 참 이상하다. 아, 싫어요. 됐어요." 그래 놓고 시켜 주면 좋아한다고! 어린 시절 나를 가장 정확하게 보신 게 아닐까 싶다. 싫으면 싫다고, 하고 싶으면 하고 싶다고 말해야 한다. 그걸 아는데, 긴 시간이 걸렸다.

초등학교 5학년 때 담임선생님이 날 많이 아껴주셨는데 여름 방학 때 선생님이 먼저 엽서를 보내시기도 하셨다. 정말 죄송했다. 성적표에 내가 반에서 인기가 높다고 써 주셨는데 진짜 그런지 실제로 투표를 해보셨다. 난 두 표였던가? 어떤 재미있는 친구가 거의 몰표를 받았다. 애들이 진짜 좋아하는 아이는 따로 있었다.

초등학교 6학년 때 우리 반에 참 재밌는 친구가 있었다. 보통 소년들은 자기가 예쁘다고 생각하는 아이한테 가서 괜히 장난도 걸고 여자아이들 고무줄놀이하는 거 방해하느라 줄도 끊곤 했었는데, 이 친구는 꼭 아이들이 예쁘지 않다고 생각하는 소녀들에게 다가가 말을 걸고 장난치곤 했었다. 그럼 그 아이들이 엄청나게 좋아하는 걸 보며 난 신기했다. 어느 날 선생님이 일이 있으셔서 다른 반 선생님이 보충하러 오셨는데 국사 시간에 (어떤 주제였는지 기억나지 않지만) 그런 일이 '왜' 발생했냐고 물었다. 난 그 순간 전율을 느꼈다. 그때까지 난, 단 한 번도 '왜 그런 일이 일어났을까?' 그런 의문을 가져보지 못했기 때문이다. 참으로 남다른 친구였다. 지금 무슨 일을 하고 있을지 궁금하고 한번 만나보고 싶다.

초등학교 6학년 시절, 수업 때 발표하면서 '이런 건 아무도 모르겠지?' 그런 마음으로 대충 막 얘기했던 적이 있었다. '설마 그 책 본 친구

있겠냐?' 이러면서. 복도에서 한 아이가 나에게 조용히 다가와서는 "그 거 그거 아니냐?" 이러기에 당황했다. 똑똑하고 배려심 넘치던 그 친구! 분명 어디서든 잘살고 있으리라 예상해본다. 그 어디서든 엉터리같이 아무렇게나 막 던지면 누군가 알아챈다.

지금까지 살아오면서 단 한 번도 치고받고 싸워 본 적이 없었다. 또한, 선임자나 선배들에게 일방적으로 맞은 적은 있어도 내가 누굴 때린 기억은 없었다. 그런데 메모들을 정리하다가 문득 떠오르는 뭔가가 있어 바로잡기로 했다. 중학교 1학년 시절 어느 날, 교무실에서 우리 반의 반장과 부반장을 부른다는 연락을 받았다. 체육주임 선생님이 나와 부반장을 보시더니 갑자기 "넌 뭐 했어?" 하시면서 내 얼굴을 가격했다. 그때까지 어디에서도 그렇게 맞아본 적이 없었던 나는 거의 날아갔다. 당시 우리 학교는 신설이어서 새롭게 시작하는 것들이 많았다. 그 중 하나로 운동장 한쪽 구석에 테니스장을 만들면서 땅을 다지고 있었는데 점심시간에 우리 반 아이들이 밥을 빨리 먹고 축구를 하다가 공이 그쪽으로 가니까 그곳에 들어간 모양이다. 도대체 그게 나랑 무슨 상관인가? 다른 많은 선생님도 이런 식의 체벌이 있었다. 다른 반 수업을 하러 가시다가도 우리 반이 떠들고 있으면 "반장 나와" 하시면서 날 때리셨다. 거의 매일 따귀를 맞다 보니 짜증이 나기 시작했다. 도대체 나에게 수업 준비를 시킬 권한이나 의무가 있나? 언제부턴가 반을 조용히 시키면서 나도 떠드는 아이들을 때리기 시작했다. 두 사안은 완전히 별개의 문제고 또 다른 폭력이다. 혼자 맞고 말았어야 했는데 비겁했다. 그때 내게 맞은 친구들에게 진심으로 사죄하고 싶다. 늦었지만 용서를 구하는 바이다.

중학교 2학년 때 담임선생님께서 별로 중요하지 않은 업무를 내게 많이 시키셔서 도와드릴 때가 있었다. 그중 반에서 좋아하는 애와 싫어하는 애를 적는 조사가 있었다. 대부분 좋아하는 아이 이름에서 내가 나왔었는데 싫어하는 친구 목록에 내 이름이 한 명 나왔다. 선생님께서도 예상하지 못하셨는지 당황하시는 기색이 역력했다. 이유란에 내가 학급 일에 비협조적이라고 써 놓았다. 그 아이는 태권도 유단자고 아주 바르고 성실한 학생이었다. 그 아이가 날 그렇게 생각하게 된 일을 짐작해보니 아마도 그 일 같았다. 반에서 환경 미화를 하는데 "뭐 대강하고 빨리 집에 가자"라고 웃으며 장난스럽게 말한 적이 있었다. 그게 그 아이 기준에 맞지 않았나 보다. 그냥 농담 한마디 한 건데 그렇게 평가되다니 좀 억울하기도 했지만 분명 교훈을 얻은 일이었다.

중학교 2학년 때 어느 날, 수업 끝나고 온 학교가 대청소를 한 적이 있었다. 여기저기 다니면서 분주하게 우리 반 아이들 청소 구역을 지정해주며 다니는데 그 모습을 보시던 옆 반 담임선생님이 날 부르셨다. "야, 너 청소관리만 하고 여태 한 번도 청소 한 안 해봤지?" 그러시면서 손

수 내게 빗자루와 쓰레받기를 주시며 청소를 하게 시키셨다. "너 이거 해봐야 해, 인마!" '도대체 옆 반 선생님이 무슨 상관인가? 굳이 날 청소를 시키는 이유가 뭔가?' 그땐 그런 생각이었다. 늦은 나이에 소설가로 문단에 데뷔하셨던 분인데 지금 생각해보면 혜안이 있으셨던 것 같다. 학교 전체가 문제였을 때 뭐가 문제인지 아시던 분이다. 그런 선생님들이 꽤 있으셨다. 하지만 나라 전체가 커다란 맥을 잡지 못하고 모든 것이 잘못 돌아갈 때 몇몇 분들의 힘으로 큰 흐름이 바뀔 수는 없었다. 그런 분들이 주류였다면 요란했던 나의 사춘기는 부드럽게 넘어갔을까?

중학교 3학년 때 과학 시간에 발표하면서 전혀 준비하지 않고 수업 시작 후 3분 정도 교재를 읽은 뒤, 이해하지 못한 상태에서 막 얘기했다. 내가 발표할 때는 신생님께서 한 밀씀도 안 하시나가 낸 나중에 "시금 **이가 한 얘기는 모두 틀린 말이고 입심으로 넘어간 거다"라고 말씀하셨다. 준비 안 하고 막 들이대면 어찌 되는지 그리고 세상은 나에게 어떻게 하는지 선생님께서 알려 주셨다. 막 나가던 시절, 많은 선생님이 날 불러서 한 말씀 하시고 걱정하셨는데 그런 말씀들보다 이런 게 훨씬 괜찮은 거 같았다. 냉정하게 가장 실전 같은 느낌! 이 선생님께서 어린 시절 'Romeo and Juliet'을 보시고 사랑이 그런 거라면 한번 해보고 싶었다고 하셨다. 나도 봤지만 난 아직도 뭐가 뭔지 모르겠다.

고등학교 1학년 때 동아리 활동을 했었다. 어느 날 대학생 선배님들이 오신 환영회 자리에서 '이름 모를 소녀'를 불렀다. 한 형님이 "야, 그 노래 그렇게 하는 거 아니야!" 그러시면서 약간 화를 내셨다. 그 말을 들었을 때 기분이 조금 상했었다. 난 당시에 원곡을 모른 채 양희은 선생님 LP에서 들은 풍으로 불렀다. 훗날 김정호 선생님의 원곡을 듣고 선배님의 말씀을 이해할 수 있었다. 하지만 엄청난 시간이 흐른 지금 아무리 생각해봐도, 이름조차 모르는 소녀에게 무슨 한이 있을까 싶고, 뭐 그리 절실할 게 있겠나 싶다. 물론 두 분 버전 모두 나름의 의미가 있다.

고등학교 때 어느 선생님의 충격적인 말씀, "야, 공부하지 마! 전부 공부하면 쓰레기하고 똥은 누가 치워? 그리고 일찍 결혼해서 젊을 때 많이…" 그 당시 기준으로는 상당히 파격적인 말씀! 하지만 요즘 어떤가?

고등학교 때 물리 선생님이 우리나라 버스와 지하철은 물론이고 모든 시설이 장애인을 배려하지 않는다고 말씀하셨다. 지금 생각해보면 그 당시에 그런 생각을 하셨다는 것이 정말 놀랍다. 이 문제는 지금도 해결되지 않았고 앞으로 어찌 될지 짐작조차 할 수 없다.

고등학교 때 동네에서 함께 자란 친구들과 완전히 다른 배경을 가진 아이들 집에 가보고 문화적 충격을 겪었다. 블루마블, 입주 도우미, 소니 TV, 사우나 안락의자, 고급 앰프와 스피커… 내가 어디 서 있는지 비로소 알게 되었고 가난이 뭔지 알게 되었다. 빨리 돈에 초점을 맞췄다면 난 다른 인생을 살 수 있었을까?

고등학교 때 미술 선생님이 내가 한 작품(?)을 보시고 "참, 미적 감각도 가지가지다." 그러시면서 놀라셨다. 뭐 어쩌겠나! 소질이 없는데. 그럴 땐 아름다운 미술작품을 감상하며 감동하는 쪽을 택하면 된다. 하지만 매우 귀한 사진을 사용해서인지 점수는 '수'를 주셨다. 중학교 때 미술 시간에 짝꿍 그리기를 했었다. 담임이셨던 선생님께서 늘 잘해주셨는데 내 그림을 보시고는 내 짝꿍한테 "야, 너도 **이 저렇게그려." 하셨다. 얼마나 웃기게 그렸으면 그러셨을까? 비슷한 거 또 있다. 아무리 외우려 해도 외워지지 않는 화학식! 이게 도대체 무슨 말이야? 언어학! 정말 어렵다. 평범한 사람은 재능 있는 사람들과 머리 좋은 사람들이 하는 거 빨리 패스하는 게 좋다.

고등학교 때 유도 시간에 일부러 까불어서 선생님의 조르기를 당해봤다. 순간적으로 잠깐 의식을 잃었는데 정말 놀랄 정도로 전혀 기억나지 않았다. 삶과 죽음의 경계?

고등학교 때 체육 시간에 골키퍼 없는 골대를 향해 킥하는 것으로 평가를 한 적이 있었는데 나도 믿어지지 않을 정도로 제대로 감겼다. 골대 뒤에 앉은 친구들이 함성을 보내고 선생님도 웃으셨다. 끝나고 도대체 어떻게 찬 것인지 물어보는 친구도 있었다. 아마 다시는 그런 킥을 하지 못할 것이다. 그냥 우연히 일어난 일!

고등학교 때 영어 시간에 학교 앞 도로에서 덤프트럭이 매우 신경질

적이고 거칠게 경적을 길게 울렸다. 잠시 침묵이 흐르고 선생님께서 "쟤도 악밖에 안 남았구나." 이렇게 말씀하셔서 우리 반 아이들 모두 크게 웃었다. 그땐 그 '악'의 진정한 의미가 무엇인지 전혀 몰랐다.

　고등학교 때 음악 시험에 각자 다룰 수 있는 악기로 연주하는 평가가 있었다. 어렸을 때 피아노를 배웠었는데 바이엘을 치고 체르니 100을 건너뛴 뒤, 30 살짝 치다가 관뒀다. 그러니까 바이엘 수준 조금 넘는 정도의 실력! 그걸로 '슬픈 로라'를 아주 많이 연습해서 간신히 완주했다. 나 같은 학생이 피아노 치니까 친구들이 놀라기도 했지만 내가 볼 땐 너무 부끄러운 일이었다. 선생님께서도 완주에 의미를 두시는 듯 묘한 미소를 보내셨다. 피아노를 친 둘 중 다른 친구는 나보다 훨씬 많이 쳤고 엄청난 기술을 보여줬지만, 중간에 못 하겠다고 완주하지 않았다. 나중에 친구들끼리 이야기를 나눠보니 '수'를 받은 친구들은 매우 소수였는데 악기 프리미엄으로 완주한 난 들어갔지만 완주하지 않은 친구는 그렇지 않았다. 중3 체력장에서 이미 만점이라 오래달리기를 뛰지 않았는데 그 점수를 그대로 성적 처리하셔서 매우 놀랐었던 적이 있었다. 완주, 졸업, 정상 수료! 이런 거 의미 있다.

　고등학교 때 어느 선생님께서 내가 그때까지 알고 있었던 현대의 여러 정치적 사건에 대해 완전히 다른 시각으로 접근하여 말씀하셨다. 그 말씀에 영향을 받아 견해를 바꾼 것도 있고 아직 찬성하지 않는 것들도 있다. 그땐 정말 놀랍고 신선했다. 그런데 그분께 가장 충격을 받은 삶의 태도는 선생님 부인도 선생님이시니까 은퇴하면 두 분 다 연금이 나오므로 돈 모을 필요도 없고 집을 살 이유도 없다는 뭐 그런 거였다. 젊은 분이 당시 거의 교장 선생님이 타실 만한 차를 타셨고 비 오는 날엔 사모님과 드라이브하신다고 해서서 '정말 낭만적이다.' 그랬었다. 하지만 끝내 집을 사지 않으셨다면 엄청난 손해 아닌가? 상관없지, 뭐. 연금이 있으시니까!

모든 가르침이 다 맞는 건 아니다. 배운 대로 되지도 않는다. 결과적으로 틀린 예견도 많았다. 그저 지난 배움을 분석하고 평하는 게 제일 쉽다.

어떤 상황에서도 폭력은 옳지 않다. 물리적인 힘이 가해졌을 때 자칫 사고가 생길 수도 있다. 아무리 좋은 의도가 있더라도 절대 정당화될 수 없다.

요즘 일어나는 일들을 보면서 격세지감을 느낀다. 군사부일체라 했는데… 분명히 일어난 일들을 접하면서도 믿어지지 않는다. 바로 지금, 모두가 인정할 수 있는 공정하고 명확한 선을 그어야 할 것이다.

03 나의 하드웨어

얼굴은 찐빵, 몸매는 삼등신! 이런 내 모습, 미워하지도 동정하지도, 안아주거나 위로하지도 않는다. 그냥 중립! 학교 다닐 때 이걸로 놀리려는 친구들이 있었다. 근데 진짜 기분이 안 나빴다. 그냥 그 아이들이 안쓰러웠다. 그냥 이게 나다. 슬픈 것도 싫은 것도 없다. 예쁘고 잘 생기고 키 크고 몸매 예술인분들 보면 '와!' 이러지만 부럽지는 않다. 그들도 스스로 선택한 거 아니고 나도 마찬가지! '이런 패를 들고 뭘 할 수 있을까?' 그런 생각은 해봤다. 분명 삼광이나 홍단을 시도할 순 없다. 그냥 피로 달리는 거다. 결과는 같다.

어느 동네병원 대기실에서 한 살도 되지 않은 것 같은 여자아이가 엄마 포대기에 싸여 있으면서 옆에 있던 나를 만졌다. 맞은편 거울을 보며 엄마가 당황하고 다른 환자들도 놀랐다. 내가 무슨 명랑만화에 나오는 주인공처럼 생긴 건가?

울적해서 놀이공원에 혼자 갔던 적이 있었다. 부모와 어린 여자아이 두 명, 이렇게 네 명과 무슨 커피잔 같은 기구를 같이 탔었는데 레이저 쇼 극장에 그 아이가 내 자리 옆으로 와서 앉으니까 아빠가 다급히 불러 갔다. 계속 내 앞에 와서 아는 척하는 귀여운 아이에게 어떤 반응도 해 주지 않았다. 아이가 심하게 삐진 표정이었지만 그 아이 부모들이 싫어 하는 것 같아서 어떤 행동도 하지 못했다. 요즘은 괜한 신체접촉은 물 론이고 그냥 따뜻한 말 한마디조차 오해를 살 여지가 많다. 참으로 안 타까운 일이다.

작은 공원을 지나 도서관에 가는 길이었다. 지적장애아로 보이는 아 이가 날 보더니 "어, 친구다." 그러면서 공원에서부터 따라왔다. 기어 이 도서관 열람실 내 자리까지 정확히 찾아와 내 등을 만지며 "야, 친구 야!" 하면서 부른 적이 있었다. 도대체 난 어떻게 생긴 걸까?

04 설명할 수 없는 일들

[序] 어릴 적 난 삼일절마다 수운회관에 있었다. 지금도 '용담유사'에 깊은 애정이 있다. 그런데 고등학교 때 무슨 마음이었는지 혼자 성당에 가서 세례를 받았다. 그리고 얼마 후 그곳에 김수환 추기경님이 오시는 통에 견진 성사까지 받았다. 아무런 연고가 없던 나를 위해 대부를 서 주셨던 형님 이름이 기억나지 않아 슬프다. 니케아 종교회의를 비롯한 수많은 회의에서 사제들이 모여 투표로 결정한 것들에 대한 의문이 있었다. '그게 과연 주님의 뜻일까?' 스무 살 이전에 '천기대요'를 본 적이 있고 Bridey Murphy에 심취하기도 했었다. 대체로 삼교일치론에 긍정적이다. 그러나 안타깝게도 한자에 조예가 없어 책을 번역본으로 봐야 하니 탐구에 깊이는 없다. '논어'에 공감하고 소인보다는 군자를 지향한다. '중용'이야말로 영혼이 담긴 책이라고 확신한다. 성철스님의 '화두 공부하는 법'이라는 책을 좋아하고 '금강경'을 들으면 편안해진

다. '도덕경'이나 '장자'는? 이승에서 신선이 될 수 있을까? 허심과 신선이 같은 말은 아니다. 이 세상 모든 신앙을 인정하지만 지금 나는 무교다. 스티븐 호킹 박사의 말이 와 닿는다. 결국, 우주의 수만큼 진리도 있으리라! '불확정성의 원리'를 제대로 이해하고 싶다. 삼라만상의 모든 이치를 과학으로 설명할 수 있다고 믿는다. 다만 그 설명이 완성되기 전에 인류는 이 우주에 없으리라! 나를 만난 의사들의 대부분은 나의 증상과 약효에 대한 묘사를 흥미롭게 경청했었다. 살짝 예민한 편이라고 한다. 뭐 그러니까 별스러운 건 아니고 위염이 생겼을 때 뭔가 느끼는 사람들의 비율이 20% 정도라고 하는데 내가 그쪽에 속하는 사람이란 뜻이다. 신기는 없고 영험한 일 따위 믿지 않는다. 하지만 뭔가 묘하고 일반적으로 설명할 수 없는 일들은 조금 있었다.

삼교일치는 칸이 구분된 하나의 그릇에 짜장, 짬뽕, 볶음밥을 담아 수저와 젓갈로 내 입에서 섞는 것이라고 본다. 현대 사회는 삼교일치 플러스가 필요하다. 별도의 접시에 탕수육을 담고 그걸 과학이라고 부르고 싶다. 옆에는 고량주! 이건 영적인 그 무엇! 마셔도 되고, 마시지 않아도 되는… 워낙 독하니까 그건 자유! 마시고 잔이 비었을 때 또 따라도 되고 빈 잔으로 놔둬도 된다. 마구 마신다면? 감당할 자신 있다면 그 또한 자유!

어느 잠 안 오는 새벽, 방에 누워 있는데 방문 사이로 뭔가 번쩍하면서 약간의 소리마저 있었다. 매우 거칠고 호의적이지 않은 뭔가가 내 방으로 들어온 느낌이었다. 그래서 내가 "야, 너 거기 왔냐? 왔으면 증명해 봐!" 그랬더니 선풍기의 목을 누를 때 나는 소리가 났다. 그것도 내 말이 끝나자마자 바로! 좀 있다가 "너 지금 아직도 거기 있냐?" 했더니 선풍기에서 또 같은 소리! 그래서 어떤 드라마 대사를 응용해서 "넌 절대 내 눈을 가릴 수 없고 내 귀를 막을 수 없다. 반야 바라밀!" 이렇게 세 번을 했다. 그러고 누워 있다가 잠들었는데 일어나 보니 뭔가 있는 것 같은 느낌이 사라졌다. 다음에 또 내가 (같은) 그 존재를 느낀다면 구천을 떠돌지 말고 다음 스테이지로 가라고 말해줄 예정이다.

자다가 뭔가가 날 밟고 있는 느낌에 깼다. 돌아누웠더니 예전에 氣를 찍은 사진이라고 했던 모습과 유사한 게 내 앞에 와 있었다. 그때 나에게 올 만한 사람? 혹시 그자가 아닐까 싶어 내 생각을 말해줬다. 오히려 자네가 내게 사과해야 한다. 뭐, 이런 식으로! 안타깝게도 상대의 반응은 들리지도 느껴지지도 않았다. 말이 안 통했다. 사람의 모습은 아니다. 영화 같은데 특수효과로 봤던 야릇한 형체 딱 그 모습이다. 분명 기의 흐름이나 변화 같은 게 있는 것 같다. 특히 49재 기간에 뭔가 움직이는 것 같다. 증거는 없지만, 왠지 그런 느낌이다. Ectoplasm 꼭 그런 개념이 아니어도, (물질, 질량, 중력… 이런) 물리학과 다른 평면의 氣 같은 게 있는 것 같다.

어느 날 (사실 난 매우 명확한 것을 좋아하는 스타일인데 이렇듯 일자를 정확히 밝히지 않는 것은 다른 의도가 있기 때문이다) 낮잠을 자고 있었는데 내가 갑자기 천장에 닿아 있었다. '꿈인가?' 분명 꿈은 아니었다. '가위눌린 건가?' 무엇을 어찌해야 할지 모르겠는 순간에 형상은 보지 못했지만 내 귀에 대고 누군가 말을 했다. '이제 네 몸에서 나간다. 너의 몸에 있던 귀신은 총 8명이었는데 목 잘린 귀신, 아기 귀신… 다들 함께 나간다.' 분명 생생하게 들리는 소리! 그런 일이 있고 얼마 후, 한 고등학교 동창과 술을 마셨는데 평소 보던 나의 모습과 너무 다르고 매우 안정적이라 당황스럽다고 했다. 그 녀석이 알고 있었던 불안정하고 나대는 난, 귀신이었던가? 너무 오랫동안 보지 못했는데 문득 그 친구가 살아있는지 궁금해졌다. 그리고 귀신들에게 이용료를 받지 못한 게 너무 아쉽다. 이글을 본다면 지금이라도 계좌이체를 부탁한다.

어릴 적 여름 방학이 되면 늘 가던 친척 집이 있었다. 양계장에서 달걀도 걷고 소여물도 주고 과수원에서 사과도 따고 참 많은 추억이 있는 곳이다. 아마도 초등학교 4~5학년 무렵이었을 것이다. 어느 날 그 동네 아이들과 유달리 어울린 날이 있었다. 시골 소년들과 넓은 들판에서 할 수 있는 모든 것들을 하다가 10여 명 되는 아이들과 개울로 향했다. 그곳에 가면 난 항상 상류 쪽에서 다슬기 잡거나 어항으로 민물고기 잡으며 놀았었는데 그날따라 다른 소년들이 모두 물 깊은 곳으로 가자고 하기에 수영도 못하면서 따라나섰다. 한강 광나루 기준으로 대략 3분의 1 정도 폭은 될 것이다. 내가 늘 놀던 상류보다는 훨씬 넓고 깊었다. 가운데 커다란 바위 같은 게 있어서 운치도 있었다. 이리저리 다니며 물놀이하는데 갑자기 발이 닿지 않았다. 밑바닥의 깊이가 매우 불규칙해서 벌어진 일이었다. 꼬르륵꼬르륵 두 번을 하고 허우적대는데 그 누구도 날 구하려 하지 않았다. 그러다 갑자기 뭔가가 밑에서 날 밀어 올린 것 같은 느낌이 있고서 발이 닿는 옆으로 이동했다. 어떤 TV 프로그램에서 한 아이돌이 비슷한 이야기를 했을 때 어느 예능인이 말한 것처럼 자기가 나온 건데 착각한 것일 수도 있다. 하지만 내가 바닥을 차서 그미는 힘으로 움직였다면 수직으로 움직였을 텐데 어떻게 발이 닿는 옆쪽으로 이동할 수 있었을까? 그냥 운이 좋았던 걸까? 그때 바위 위에 그당시로는 파격적인 비키니를 입은 누나가 앉아 있었는데 겁먹은 날 보고 막 웃었다. 웃을 일인가? 같이 갔던 소년들은 모두 놀라 아무도 말을 못 했다. 그런데 그 전날도 그곳에서 죽은 사람이 있었고 그 전주에도 익사한 자가 있었다는 사실을 나중에 알게 되었다.

한 지인이 유명 해안 도시에 살 때 여름마다 대략 10년 정도 놀러 갔었다. 그곳은 광어회보다 잡어회가 훨씬 맛있다. 그런데 그 지역 사람들이 진짜 즐기는 음식은 회가 아니다. 어느 해였던가? 그것을 매우 독특한 방식으로 요리해내는 곳이 그 도시 주변 **군에 있다고 TV에서 보았기에 꼭 가보고 싶어 2차로 거기에 가자고 했다. 내 지인은 뭐 다 똑같은데 군이 거기에 가냐며 반대했지만 내가 계속 우겨서 결국 택시를 타고 시와 군의 경계를 넘어 기사님이 내려주는 집으로 들어갔다. 아주 많은 여러 집이 똑같은 방식으로 상을 차렸었는데 우리가 간 곳은 가정집 같은 겉모습에 큰 홀이 있었다. 주전자에 오이를 넣고 소주를 미리 붓고 주었는데 이게 당시 유행이었다. 딱 한 잔을 마시고 안주를 한 입 먹은 뒤 죽인다고 했었다. 그리고서 갑자기 지인과 내가 시골길을 걷고 있었다. 무지하게 어둡고 가로등이 없었는데 멀리 인가의 불빛이 보였다. 내 지인이 먼저 "야, 기억이 안 난다." 그러기에 "어, 나도!" 순간 범죄의 피해를 본 건가 싶어 서로 상처 난 게 있는지 확인하고, 없어진 게 있는지 봤는데 다행히 그런 건 아니었다. '죽은 건가?' 뭐가 뭔지 몰라 매우 당황스러웠지만, 그냥 걸었다. 그때는 손전화가 없던 시절이라 뭘 어찌할 도리가 없었기에 그냥 걷기만 하였다. 얼마를 걸었을까? 다행히 반대편에서 택시가 지나가기에 차를 돌려 나갈 수 있는지 신호를 보냈더니 돌아서 세워주었다. 우선 여기가 어디인지 물었더니 기사님이 **군이라고 했는데 우리가 이동한 그곳이었다. 그 차를 타고 거점으로 돌아와 3차를 갔고 아무 일 없이 거뜬했다. 내 생애에 지금까지 블랙아웃은 세 번이었다. 다른 둘은 MT 간 숙소에서 과음하며 뭔가 열 받아서 떠들다 기억을 잃었는데, 일어나 보니 아침이어서 무안하고, 다른 친구들에게 미안했던 경우였다. 기본적으로 예전 내 스타일은 아침까지 술 마시다가 뻗는 사람이 나오면 업어다가 목욕탕에 누이고 난 샤워하고 자는 거였다. 그런데 술을 마시다 마치 공간이동을 한 듯 일행과 똑같이 기억이 단절된 것은 너무나도 의아하다. 우리가 갔던 곳은 과연 어디였을까?

무술년 가을 어느 날, 거실 소파에 앉았다가 살짝 잠이 들었는데 누군가 내 왼쪽 귀에 대고 속삭였다. '넌 * 됐어!' 20대 중반쯤 되는 남자 목소리였는데 다소 톤이 높았고 장난스러운 어투였다. 보통의 음향이 아니라 약간 주파수가 다른 느낌이었다. 귀에 매우 불쾌한 느낌이 있어 나도 모르게 오른쪽으로 돌아누웠다가 다시 왼쪽을 보니 아무도 없었다. 그래서 나도 똑같이 욕을 해줬다. "꺼져, ****야!" 형체가 있건 없건 모든 언행은 반드시 대가를 치른다. 그 후 몇 달간 주시하였는데 특별한 일은 없었다. 내가 뭔가 허점을 보였으니까 그리 나댔던 것이 아니었겠는가? 더욱더 愼獨!

병원에서 병간호해 본 사람들은 공감하겠지만 이게 정말 보통 일이 아니다. 거의 잠을 잘 수가 없다. 그리고 상황이 변할 때마다 여러 가지 사정으로 병실이 바뀌면서 1인실, 2인실, 6인실을 다 경험하게 된다. 같이 계신 환자분이 소음 있는 특수한 기계를 달고 있으면 정말 환청 같은 게 들린다. 어디선가 '야, 넌 결혼부터 해!' 그래서 이건 내 착각이라 했다. 그런데 어느 날, 6인실에서 보호자로 있다가 한 명씩 교대로 있기로 하고 난 면회실로 갔다. 코로나 팬데믹 직전이라 가능했던 일이다. 약간의 잠을 잘 수 있는 자세로 앉아 있었는데 뭔가가 내 어깨를 어루만지는 느낌이 있었다. '살짝 잠이 들었나? 꿈일지도!' 하지만 그렇다고 하기엔 감촉이 너무나 선명했다. '창문이 열렸나? 환기구에서 바람이 나오나?' 확인해봤는데 아니었다. 그러고는 다시 살짝 수면 상태 같기도 하고 아닌 것 같기도 했는데 어디선가 '네가 수고가 많다.' 이런 말이 들려 놀랐다.

이런 거 사실 별거 아니다. 환청 같은 부작용이 있는 약을 일시적으로 먹었다면 그런 경험을 할 수도 있고, 뭔가 매우 심란하고 어려운 상황에 부닥쳤을 때 고민이 많으면 그럴 수도 있다. 또는 살다 보면 특히 과음하는 시기가 있을 수도 있는데 그럴 때 그럴 수도 있다. 물론 원래는 열리지 않는 다른 차원의 문이 아주 살짝 비친 것일 수도 있다. 무엇이 진실이든 (중요한 건) 설명할 수 없거나 이해할 수 없다면 그냥 거기 그대로 놔두면 된다. 요즘은 그 어떤 무엇도 없다. 세상에 섞여 살다 보니 그런 게 아닐까 싶다.

05 선술집

[序] 지금 내가 아는 것들의 반은 서민들이 가는 술집에서 취한 사람들이 뱉어낸 말을 듣고 그 행간을 읽은 것들이다. 듣고 싶지 않은데 저절로 들리는 그 무엇! 직접적인 관계를 맺는 에너지를 쏟은 것도 아니고, 함께 술을 마신 것도 아니지만 사람들의 진심을 헤아릴 수 있었다. 취중 진담! 절대 흘려버릴 단어가 아니다. 별의별 일이 다 있었고 별의별꼴을 다 봤지만 차마 적을 수 없는 것들은 빼기로 했다. 정도를 넘어서는 것들은 바름에 수렴하지 않는다. 결괏값만 흐릴 뿐!

몇 년 전, 밤늦은 시간 어느 마을을 지나다가 아주 작은 점포에서 치킨을 싸게 판다고 하기에 들어갔는데 포장 전문이라 먹을 곳이 없었다. 일하시는 분에게 그래도 어떻게든 먹고 갈 수 없겠냐고 하니까 2층 술집에 올라가 간단하게 주류를 주문하면 가능하다고 했다. '사장님이 같은 분?' 어쨌든 난 불청객이니까 입구 제일 가까운 자리에 앉았다. 지나치게 친절한 홀 매니저에 당황하면서! 그런데 그곳 구조가 칸막이가 높아서 옆 좌석이 안 보이지만 소리는 다 들렸다. 분명 옆에 사람이 왔다는 것을 알았을 텐데 아랑곳하지 않고 처자 세 명과 남자 한 명이 이야기를 이어갔다. 넓은 홀에 사람이 앉은 곳은 두 곳, 아마도 어렸을 때부터 동창인 듯 보였는데 얘기의 주제는 여성 퇴폐문화에 관한 것이었다. 이런저런 성적 취향을 이성 간에 스스럼없이 말했는데 듣기 민망한 얘기들이었고 속으로 허허하면서 날라리들의 인상착의를 떠올렸다. 젊은 싱글 남녀들의 사생활은 본인의 자유이며 책임도 자기가 지는 것이라는 사실을 모르는 이는 없다. '자신의 생식기를 어떻게 처분하든지 다른 사람이 뭔 상관인가? 옛날엔 남자가 욕망의 주체였지만 지금은 돈을 가진 자인가?' 뭐 그러고 앉아 대충 허기를 달래고 화장실에 다녀와서 계산하는데 하필 그 타이밍에 그 사람들도 일어나는 바람에 눈이 마주쳤다. 네 사람 모두 도서관, 전시회, 음악회 같은 곳에서 쉽게 볼 수 있는 사람들이었고 몸을 완전히 가린 복장에 우아함과 청순함이 돋보였다. 겉으로 보이는 게 다가 아니구나 싶었다. 조금 심한 얘기, 하나 추가! 아주 옛날엔 혼자서 또는 동행하는 자와 정처 없이 걷다가 아무 당구장이나 볼링장에 들어가 한 게임 하곤 했었다. 하지만 둘 다 마지막으로 가본 게 100년은 넘은 것 같다. 여하튼 그러다 보니 여러 곳을 다니며 다양한 사람들과 알고 지냈었다. 당구는 200 정도에서 제일 재밌는데 바로 내가 그 무렵 막 올렸었다. (지금도 200? 여하튼 지금은 안치니까!) 어느 날, 한 당구장에 들어갔는데 내실이 있었고 거기서 살림을 하는 티가 났다. 후덕한 인상의 아주머니가 손님을 맞았는데 눈빛이 좀 강렬했다. 두 번 정도 더 갔던가? 남편과 둘이 운영하는 당구장이었지만 남자 사장은 본 적이 없었다. 좀 지나 그 집 사장님이 살해되어 신문에 보도까지 되었다. 동네 당구장들은 모두 공포에 빠졌고 다들 '다음엔 내가 죽는 거 아냐?' 뭐, 그러고들 있었다. 어느 한 곳에서 치지 않고 이곳저곳을 다니던 나 같은 자는 당시 엉터리 같은 저인망식 탐문 수사로 인해 이름을 세 번이나 적혔다. 마지막에 내가 형사에게 이렇게 말했다. "이래서 범인 잡겠어요? 과학수사를 해야지요!" 그러자 경찰도 웃으며 자기도 말단이라 어쩔 수 없다고 하셨다. 뭐 옛날엔 다 그랬었지! 여하튼 얼마 후 잡힌 범인은 바로 그 풍채 좋은 사장님의 부인, 그러니까 내가 두 번이나 봤던 그 아줌마였다. 바람이 나서 내연남과 짜고 남편을 제거한 것이었다. 결혼이라는 중대한 약속을 깨는 것도 모자라 살인까지 서슴지 않는 무서운 인면수심은 외모나 몸매와 비례하지 않았다. 겉모습은 그 무엇도 표상하지 않는다.

옛날 어느 날, 순댓국에 소주 한잔하러 갔다. 그런데 서빙 하는 아주머니께서 내 음식을 내려놓으면서 국물에 간을 해야 한다고 하셨다. "아, 예. 알겠습니다. 감사합니다." 했는데 내가 하지 않고 먹으니까 딴

곳을 갔다가 다시 오셔서 한 번 더 말씀하시기에 "아, 예." 그리 받아 넘겼다. (당시에 난, 간을 하지 않고 김치 같은 거 넣어 먹었다) 아주머니께서 다시 오시더니 이번에는 양념 통을 열어주셨다. 기가 막혀 "아, 예."하고 그 아줌마가 돌아서 갈 때 그냥 닫았다. 그리고 한 2주 뒤, 한 번 더 갔었는데 일요일 밤 가게에 아무도 없기에 개그콘서트를 볼 수 있겠냐고 양해를 구했다. 그러라고 하셔서 TV 보며 웃으면서 밥 먹고 나름대로 기분 괜찮았다. 그러던 중 갑자기 아주머니가 내 아들이 좋아하는 프로 보면서 왜 아저씨가 웃느냐고 화를 내셨다. 급기야 계산할 때는 내 카드를 약간 집어 던지셨다. 내가 무슨 잘못을 한 걸까? 그냥 아주머니에 맞춰 드리는 게 좋았을까? 사실 맨 처음에 당시 내 취향을 말씀드릴까도 했었지만, 대화가 길어질 것 같아서 하지 않았다. 하지만 그런 순간의 선택이 오히려 긴 이야기를 만들고 말았다. 어떤 게 최선이었는지 아직도 의문이다.

처음으로 간 어느 선술집에서 아줌마가 나를 보시더니 "동생 아직도 놀아?" 그러면서 말을 건네셨다. "저 아세요?", "일식 주방장이라면서?", "아닌데요." 그런데 그런 곳이 한 곳 더 있었다. 나랑 매우 닮은 사람이 같은 지역에 살면서 같은 술집 두 곳에서 겹친 것이다. 도플갱어?

어떤 여자분이 남자친구와 대판 싸우고 헤어졌다며 평일에 친구들을 모았다. 울고불고 토하고 난리! 불려 나온 분들이 위로하고 달래 준다.

그중 한 분만 다소 냉정해 보였는데 "야, 진도 키스 이상이야? 그럼 정리하는데 좀 힘들겠다. 남자들은 헤어지고 정확히 석 달 뒤에 술 먹고 연락하더라. 지금까지 다 똑같았어. 여자는 그때쯤 정리 완료인데 말이야!" 그 순간 나랑 눈이 마주쳤다. "야, 나 내일 출근이야! 이건 민폐야!" 그러더니 일어나셨다. 그분이 진짜 친구 아닐까?

매우 좁은 가게에서 한 분이 큰 목소리로 웅변하듯이 말씀하셨다. 자기는 강동을 사랑한다고! 자신의 인생에 최종목표는 둔촌이라고! 솔직히 당시엔 그 목표가 우스웠다. 하지만 지금 보면 그건 서민들에겐 매우 버거운 목푯값이다. 그 아파트를 사기도 쉽지 않지만, 더 힘든 것은 그걸 지키는 것이다. 샀다가 차익을 남기고 팔았다면 그것도 어느 정도는 성공? 목표 달성?

대감 세 분이 영감들 욕하면서 술 마시는데 어느 나이 많은 분이 그러셨다. "위를 보면서 살면 한없이 비참한 거야, 머리 좋고 잘나서 젊은 나이에 높은 자리에 있는데 뭐 어쩌라고." 글쎄 내가 보기엔 그런 비교가 더 비참하지 않을까 싶었다. 그냥 나는 나, 너는 너!

매우 넓은 호프집에 많은 손님이 있었다. 우리 옆 테이블에 이미 꽤 취하신 한 남자분이 여기저기 전화하시더니 기어이 부부로 보이는 분들이 나오셨다. 쩌렁쩌렁 울리는 큰 목소리로 "새벽 1시 30분에 동네에서 친구들과 술 마시는데 마누라가 다른 남자와 거기 들어오는 거야!" 당황한 부부는 어쩔 줄 몰라 하시고 난 조금 시끄럽고… 전문가는 아니지만 대부분 이런 경우, 답은 본인이 들고 있고 누군가에게 자기 생각에 동의를 구하거나 위로받고 싶은 경우였던 것 같다. 진정한 조언을 원한다면 어디로 가야 할지 삼척동자도 알고 있다.

옆 테이블에서 버스 기사 세 분이 술을 드셨다. 한 아저씨가 쉬는 날엔 중학생인 아들과 한강에서 자전거도 타고 그러신다고 하니까 옆에 좀 더 나이 있으신 분이 대학생인 자기 아들은 전화해도 잘 받지도 않는다고 하셨다. 또 다른 테이블에는 아들과 조카가 지금 시대에 맞는 이런저런 말을 하는데 흘러간 옛 가치만 말씀하시는 어르신이 계셨다. 좁은 실내 포장마차에서 세대 간 소통에 관하여 열띤 토론 중!

어느 날, 시장에 있는 작은 횟집에서 술을 마셨던 적이 있었다. 새로 들어온 손님 중 한 분이 난 쳐다보지도 않았던 매장 구석에 놓인 플라스틱 통들에 관심을 표시했다. 지난여름 그 집에서 팔다 남은 멸치로 담근 젓갈! 세 종류의 통별 가격을 본 뒤, 하나를 가리키며 저건 사다가 팔아도 된다고 하는 진한 남도 사투리! 얼마 후 다른 사람이 들어와 앞 분과 완전히 똑같은 가격평가를 했다. 그분들이 서로의 말투를 듣고 동향임을 알아챘다. 갑자기 만들어진 목포 향우회! 마지막으로 두 팀 중 한 팀에 다른 한 명이 더 왔는데 그 사람도 똑같은 얘기! 난 그저 놀라울 뿐이었다.

가끔 혼자 가던 횟집이 있었다. 문 닫고 사장님이랑 둘이 한잔하기도 했는데 '광어는 수족관에 좀 있어도 되지만 우럭은 좀 그렇다. 어느 날은 팔기 좀 미안한 것들도 있다.' 뭐 이런 말씀을 나에게 하기도 했다. 어느 정도 친분을 쌓았다고 볼 수도 있지만 고도의 영업전략일 수도 있다. 어느 날 올림픽 기간이었는데 유도가 보고 싶었다. 짐작하기에 사장님 내외는 연속극을 보려던 참이었다. 손님이 우기니 리모컨을 넘겼다. 경기를 보다가 나도 몰래 "밭다리가 멀었어요." 했는데 1초 뒤 해설자가 똑같이 말했다. 뭐 유도를 좋아하는 사람이라면 누구나 알 수 있는 상황이었다. 전문가 말 때문에 내 말에 신뢰가 씌워졌는데 그게 오래가진 않았다. 어느 날 가보니 주인이 바뀌었다. 그 사장님은 특히 친구에 관해 말을 많이 하셨는데 너무 쉽게 다시 볼 수 없게 되었다. 비즈 관계의 민낯!

테이블 없이 바만 있는 술집! 그날도 가득 찼다. 사장님이 라디오를 켜 놓으셨다. 한 노래가 흘러나오고 내가 "Enrico Macias!" 했는데 노래가 끝나고 아나운서가 가수 이름과 곡명을 알려줬다. 여기저기서 "와~" 하는 탄성이 쏟아졌다. 그 가수를 아는 게 대단한 일인가? 옛날 사람들은 다 아는 명가수!

뜻하지 않게 옆에 분들과 이야기를 나누게 되었다. 어찌 아시는 사이냐고 하니까 직업학교를 같이 다녔다고 했다. 남자 둘에 여자 하나! 그런데 지금은 다 다른 일 한다고 해서 웃었다. 분위기 좋았다. 그러다가 무도회장 말이 나왔고 여자분이 먼저, 함께 춤추러 가자고 했다. 그러자 갑자기 한 남자분의 표정이 어두워졌다. 이 사람들이 왜 만나는지 바로 알 수 있었다. 급히 먼저 일어났다. 잊고 있었던 약속이 떠올라서…

어떤 회장님께서 팁으로 30만 원을 준 적이 있다며 실장님이 자랑하셨다. 그래서 내가 이렇게 받았다. "그 사람 후지다. 서민들 오는 참치집 와서 돈 자랑하는 건 잘난 척이다. 기사 대기시켜 놓고 잔뜩 힘주면서 회장님이 갈 곳으로 가야 한다." 내 진심은 뭐였을까? 기분 상한 거다. 난 만 원을 줬다. "내 만원은 회장님의 백!" 이러면서! 솔직히 그 돈 로또 사려고 했었는데 지금도 아깝다.

칠팔 명 정도 식당 하는 사람들끼리 무슨 친목회를 하시는 것 같았다. 두 분이 계속 말다툼을 벌였는데 옆에 있던 아무 상관 없는 사람까지 불안해졌다. 들어보니 그 모임에서 회장을 뽑았는데 누구는 이기고 누구는 선거에 지신 것 같았다. 동네 친목회에 회장? 봉사하는 총무면 몰라도! 도대체 그런 모임은 왜 하는지 이해하기 힘들었다. 그러니까 난 늘 혼자?

어느 호프집 아줌마가 나에게 딸 자랑을 하셨다. 그래서 내가 이리 여쭈었다. 따님이 십 년 넘게 차이 나는 남자친구 데리고 오면 어쩌시겠냐고… 그랬더니 "야, 같이 죽자!" 그러신단다. "음, 근데 그 사람이 작은 빌딩이라도 있고 전문직이면?", "가서 고생은 하지 않겠구먼." 그렇게 받으시기에 내가 한 번 크게 웃었다.

유명한 전직 프로야구 선수와 동네 호프집에서 마주쳤다. 단골집에 온 나와 달리 그분은 그곳에 모종의 업무가 있었다. 드디어 대화를 나눌 수 있는 날이 와서 KBO의 역사적인 순간에 관해 물어봤다. 그걸 기억해주는 팬에게 고마워하지 않을까 싶었지만 그건 지금 중요한 게 아니라고 했다. 당사자와 공감하지 못해 당황스러웠다. 그저 그분은 자신의 현재 일에만 관심 있었다.

어떤 골목을 2주 정도에 걸쳐 일정 간격을 두고 여기저기 두루 방문한 적이 있었다. 예상대로 특정한 일단의 무리를 세 번 정도 마주쳤다. 그분들의 대화가 들리다 보니 각자 뭐 하다 망했는지 저절로 알게 되었다. 그런데 그중 한 분은 아무 말도 하지 않고 다른 사람들 말을 듣기만 했다. 포커페이스라 무슨 생각을 하는지 짐작도 할 수 없었다. 탐방 마지막 날! 재밌었다 이러면서 끝내려는 찰나! 한 분이 들어와 여기저기 아는 척을 했는데 다들 반응이 미지근했다. 계산하고 나오는데 마지막에 들어온 그분이 큰소리로 "오늘 죽을까?" 이러셔서 매우 놀랐다. 진심일까? 관종일까?

06 사람과 관계

**주택 골목에서 별거 다 했다. 고무공으로 야구도 하고, 축구도 하고… 동네 꼬마 녀석들 다 모여서 고래고래 소리 지르고 난리도 그런 난리가 없었다. 그럴 때마다 항상 한 할머니가 창문을 신경질적으로 여시며 조용히 하라고 소리를 지르셨다. 우리는 그분을 마귀할멈이라고 불렀다. 하지만 지금 돌이켜보면 어르신의 고통이 얼마나 심하셨을지 짐작이 된다. 지금 그 골목을 다시 가보면 엄청난 좁음에 놀라게 된다. 옛날에는 동네 아이들이 뛰어놀 운동장이나 공원이 변변치 않았다. 서로 불편했던 그저 그런 옛날얘기지만 추억의 한 소절이 아닐 수 없다.

1997년 큰돈을 주고 노트북을 샀다. 동영상 구동이 가능한 획기적이고 놀라운 제품이었다. 어느 날 단순히 안전모드로 간 것을 큰 고장으로 착각하고 서비스센터에 들어갔다. 옛날에는 고객이 기사 작업실로 들어갈 수 있었다. 이런저런 얘기를 나누다가 앞으로는 무선인터넷 시대가 오지 않겠냐고 했더니 담당 기사님이 거칠게 화내면서 그런 건 절대 있을 수 없다고 했다. 현실에 충실한 수리기사와 미래를 꿈꾸던 몽상가의 그저 가벼운 차이였을까?

새벽에 어떤 아저씨가 도서관 명당자리를 잡으러 오셨는데 내 앞에서 헤매시기에 카드 접촉 방법을 알려드렸다. 하지만 어떤 표현도 없으셨는데 '뭐, 그럴 수도 있지!' 했다. 사실 맨 앞에서 다른 이용자들을 방해하시니까 알려드린 것이지 고맙다는 말을 들으려고 한 행동은 아니었다. 그리고 한참 뒤 드디어 내 옆에 그분 딸인 것 같은 대학생이 왔는데 아주 잠시 공부하다가 엄청난 지우개 밥만 남기고 그대로 퇴장했다. 다음 그 자리에 온 사람이 우선 쌍욕 후 청소! 뭔가 묘하게 일치하는 두 분의 캐릭터!

동창들끼리 앉아 이야기하던 중, 한 친구가 아버님 자랑을 했다. 그러자 다른 친구가 그 자리의 직급이, 비슷한 직업과 비교해서 어느 정도인지 물었다. 그 친구가 어느 정도라고 했을 때 내가 정정했다. 사실대로! 그 이후로 그 친구는 나를 볼 때마다 끝없이 공격했다. 굳이 바로잡을 필요 없는 거 놔둬야 한다. 누군가 뭔가를 틀리게 말해도 나랑 큰 상관이 없다면 가만있는 게 좋다. 굳이 맞게 정정해 봐야 바뀔 건 없다. 그런 걸 자신에 대한 공격으로 간주하는 분들도 있다. 예민한 분에게는 상처

일 수도 있다. 아는 게 나와도 그냥 가만있는 게 좋다. 저 사람은 참 박학다식해! 그런 평가가 나에게 어떤 이익이 있으며 무슨 의미가 있나?

아주 오래전 돌아가셨지만, 시골 어느 동네에 술 좋아하시는 한 할아버지가 사셨다. 좋게 말하면 애주가고 객관적으로 보면 알코올 중독자! 매일 술 드시고 거리에서 쓰러지시고 하면 동네 사람들 보기도 그렇고 가족도 힘들다. 그런데 이 어르신이 왜정 때 징용을 당하셔서 난사군도에 오래 계셨었다. 얼마나 힘든 일이 많으셨을까? 모르긴 몰라도 분명 못 볼 거 많이 보셨을 거다. 예전엔 그 누구도 그런 걸 헤아려 주지 않았다. 지금 기준으로 보면 PTSD 치료가 필요한 것일 수도 있었다. 참으로 안타깝고 가슴 아픈 일이다.

오랜 상담 후 거래처의 발주를 받아 부가세 별도로 39만 원인 물건 100개를 우리 창고에서 출고했다. 지금부터 출고한 사람 책임이다. 그쪽 창고에 입고하고 본사 들어가서 어음 받으면 업무가 끝난다. 물건을 차량에 싣던 중 누군가와 인사를 나눴는데 뭔가 이상해서 다시 숫자를 확인했다. 그제야 멋쩍게 웃으면서 슬그머니 집어 들었던 하나를 돌려줬다. 도대체 이런 행동이 무슨 뜻인지 선배에게 물어봤다. '성공하면 한 건 한 것이고 실패하면 장난!' 뭐, 대충 그런 분위기라고 한다. 양아치? 그분이 가끔 점심에 술을 제법 드시고 사무실에 올라오셨다. 그리고선 마구 욕하고 쓰레기통 집어 던지고… 일하는 곳에서 낮에 보는 주

사! 당연히 매우 별로!

어렵고 힘들 때 그런 사람들끼리 마주치게 된다. 비슷한 사정의 사람들이 모일만한 곳은 동네에 많지 않다. 선택지는 세 가지! 그곳을 피하거나, 잘 어울리거나, 정면으로 부딪치거나! 무엇이 최선일까? 알코올 중독, 도박, 가벼운 도벽이 우울증과 관련이 있다는 기사를 본 적이 있다. '저분은 도대체 왜 저러실까?' 이랬었는데 알고 봤더니 아픈 거였다. 그럴 때 참지 말고 폭발하지 말고 지혜롭게 넘어서야 한다. 하루빨리 더는 마주치지 말고 귀엽게 끝낼 수 있어야 한다.

나에 관한 관심이 느껴져도 모른 척하는 경우가 있다. 정확히 밝히는 것보다 그편이 훨씬 나으리라 판단될 때 그게 최선이다. 하지만 결국, 정확히 하게 된다. 어떤 식으로든!

명백한 거절이 아니라 태도가 불명확할 때가 문제다. 확실하지 않을 때 참 답답하다. 그럴 땐 화끈하게 묻고 확실한 대답을 듣는 게 좋다. 명시적으로 하지 않아도 묵시적으로 한 거나 다름없으면 명확한 거다. 처음엔 싫다고 하다가 마음을 바꾸는 사람을 봤다. 하지만 대부분은 여지를 두는 것처럼 보여도 착각인 경우가 더 많다. 어장관리보다 희미한 걸 붙들고 있는 건 참 딱한 일이다. 착한 심성을 가진 사람은 심하게 척지지 않고 좋게 마무리하려 한다. 한편, 상종조차 하기 싫어서 대답 자체를 안 하는 예도 있다. 그건 가장 확실한 거절이다. 그럴 때 미적거리는 것처럼 추한 게 없다. 역시 가장 좋은 건, 서로 호감을 느끼고 점차 둘의 관계가 좋아지는 게 아닐까 싶다.

끝내 어떤 제안도 하지 않았다면 그 무엇도 아니다. 만날 사람이면 만날 것이고 안 될 사람이면 그 어떤 짓을 해도 되지 않을 것이다. 아무나 만날 거라면 차라리 안 만나는 게 좋다. 세 번 이상 단둘이 만나보지 않았다면 서로 잘 모르는 거 아닌가? 세 번 안에 원하는 것을 얻었나? 무엇을 원하나? 오늘 밤? 영원? 오늘 밤을 쌓아 영원? 밥 먹자는 거는 대시 아니다. 그냥 정보수집 단계! 술 먹자는 정도는 돼야! 싫어? 관두면 된다. 전화 여러 번 하는 거는 분노! 감히 날 거절해? 편지나 기타 그런 건 자신 없어 보인다. 당당히 제안하고 멋지게 대답을 수용하면 된다. 이제는 같은 곳을 바라보며 기쁨을 나누고 역경을 함께 헤쳐 나갈 반쪽을 만날 수 있을까? 숙명적 사랑을 기다리면 오나? 결혼의 본질은 계약! 계약은 성실하게 이행되어야 한다. 불륜과 폭행은 절대금물! 가령 다른 사람이 생겨서 더는 성실할 수 없다고 고백한다면 기꺼이 보내주는 게 맞다. 훗날 세상을 알고, 사람을 알게 되었을 때 그 사람이 날 무지 아껴줬었구나! 그런 생각이 든다면 그뿐!

영원한 우정, 숙명적 사랑, 그런 걸 마주치는 사람들은 정말 대단한 행운아다. 제안은 한 번만, 거절이면 비밀로! 계약 연애 나쁜가? 함께 쇼핑하고, 운동하고, 여행하고, 맛있는 거 먹고… 결혼을 위해서 서류

확인이 필요한 세상! 건강진단서, 혼인관계증명서, 신용인증서… 위조 여부까지 살피느니 차라리 같이 발급받으러 다니는 게 낫지 않을까? 지금 닥친 현실이 슬프고 가혹하다. 누구와 어떤 관계를 맺고 어떻게 살아가야 하는가? 누구와 무엇을 공감하고 어떤 것을 공유할 것인가?

누군가에겐 단순한 관계의 첫걸음! 또 다른 누군가에게는 보이고 싶지 않은 속살일 수 있고, 원하지 않는 패턴이거나, 자기만의 다른 절차가 있을 수 있으며, 그냥 그 사람이 싫을 수도 있다. 아니면 아주 작은 하나가 마음에 들지 않을 수도 있고, 제안을 받아들이기에 현재 상황이 여의찮을 수도 있다. 그래서 모든 관계는 타이밍이 중요하고 인연은 따로 있다고 하는 것 같다. 상대방이 받아주지 않는다고 해서 그 어떤 미움이나 언짢음도 있을 수 없다. 각자 가진 가치관과 종교, 아주 사소한 방식까지 존중되고, 다름이 인정되어야 한다. 만날 인연이 있다면 언젠가 반드시 마주친다. 그냥 지나치고 싶은데 도저히 그럴 수 없을 때도 있다. 이래서 어디서든 함부로 하면 안 되는 것이다. 한 번 엇갈렸다가 다시 마주쳐야 한다면 다음엔 더 좋은 인연으로 마주쳤으면 좋겠다. 그럴 수 없다면 이번 생에는 다시는 마주치지 않기를… 같은 시공에서 어찌 이리도 쉬운 게 없는가? 2018/01/26

요즘 젊은 사람들이 너무 쉽게 만나고 가볍게 헤어진다는데 틀린 말 같다. 옛날에는 아무리 오래된 관계라도 표현을 잘 안 해서 서로에 대해 오히려 대강 아는 경우가 허다했다. '뭐, 꼭 말을 해야 하나?' 그런 분위기? 말을 안 하는데 도대체 어떻게 아나? 지금은 온 만으로도 많은 것을 짐작할 수 있다. 뭘 좋아하는지, 뭘 싫어하는지, 뭐에 관심 있는지, 뭐가 그저 그런지… 거기에 오프라인이 결합 된다면 빠르게 판단할 수 있다. 시대에 맞지 않는 기준으로 지금을 평가한다면 오류에 빠진다. SNS 피로라는 것도 이해된다. 내가 관심 없는 것까지 저절로 보게 되니까 말이다. 어떤 집단에 속해 있을 때 혼자만 빠지면 왠지 왕따인 것 같고 다른 이들에게 서운할 수도 있을 것 같다. 앱 터치 안 하면 자꾸 궁금해서 불안하고… 이것 역시 쓸데없는 자판질? 2018/02/18

꿈에 그리던 그대를 직접 만난다 해도 대개 한 번으로 그치게 된다. 그 그대는 자기가 만든 허상이기에 조잡한 프레임에 들어올 수 없다. 현실적으로 맞출 수 있는 카드가 뭔지 봐야 할 터인데… 사실 거기까지는 모르겠다. 경험이 없어서!

여배우가 적에게 쫓기다 절벽에서 몸을 던지는 어떤 영화 장면에 대하여 내가 "죽음으로 사랑을 지키려 한 것이 감동적이었다"라고 하니까 한 후배 여자애가 "에이, 선배 그건 그게 아니고 너랑 살 바엔 뒈진다는 거예요." 그리 말하는 바람에 그 방에 있던 사람들 모두 크게 웃었다. 오래전 일인데 문득 떠올라 홀로 미소 지었다.

젊은 시절 나의 이상형을 들은 한 여자 후배가 "야, 너 결혼 못 한다!

그런 여자가 어딨노? 여자도 화장실 가고 눈곱 낀다. 요정은 있나? 요정 같은 여자는 무슨!" 내가 선배이고 나이도 많은데 존댓말을 들어보지 못했다. 그러던 깡패가 자기 결혼식에 안 왔다고 그렇게 내 욕을 했다고 한다. 하지만 난 연락을 받지 못했다. (연락을 받고 못 간 후배가 있는데 그때 난 지옥을 걷고 있었다) 죽기 전에 한 번은 안 보겠나? 그나저나 현재까지는 예언 적중! 하지만 이상형이 바뀌었다. 살아있다면 아직 모른다.

갑술년 늦은 가을 대학로 한 작은 소극장에서 열렸던 어느 미모의 여가수 콘서트에 간 적이 있었다. 공연이 끝나고 사람들이 줄을 서길래 뭔 줄 모르고 얼떨결에 동참했었는데 공연할 때 입었던 하얀 드레스를 입은 그녀가 다시 나와 사인을 해줬다. 전혀 예상하지 못했던 상황이라 가방에 있던 A4용지를 꺼냈더니 "여기다 해드려요?" 이렇게 나한테 말을 건넸다. 지금도 그 순간의 설렘을 잊을 수 없다. 얼마 전 다른 일로 여러 파일철을 뒤지다가 그 종이를 발견하고 홀로 미소지었다. 고이 간직한 것은 아닌데 조금도 상하지 않고 그대로 계속 내 곁에 있었다. 그분이 요즘 화면에 나오는 걸 보면 그때 느낌이 전혀 아니다. 어딘가 그 순간이 영원히 있을지 모르겠지만 새하얀 그 느낌은 영원하지 않았다. 변심일까? 그랬으면 좋겠다. 부질없는 팬심은 여기까지만… 현실에서 나의 반쪽을 찾기로 했다. 홀몸노인 영구확정이 가까웠지만 두렵지 않다. 이런 상황이라고 파격적인 폭탄세일 따위는 하지 않을 것이다. 죽는 날까지 내가 세운 공식을 대입해볼 것이다. 그 녀석은 진화를 거듭해 이젠 완전히 하이브리드다. 끝내 찾지 못한다 해도 상관없다. 이번 생에 만날 인연이 없다 해도 그냥 그뿐일 터! 2018/01/15

아무 말도 건네지 않았다. 정확히 말하면 못 한 거다. 어떠한 제안도 할 수 없는 초라하고 참담한 현실! 아무것도 없는데 무슨 말을 할까? 구체적인 제안이 없다면 아무런 의미도 없다. 슬프고 속상하다.

한 후배가 "**이 형이 하는 말은 도대체 농담인지 진담인지 모르겠어요"라고 말하자 바로 옆에 있던 동기가 막 웃으면서 "야, 전부 농담이지 뭘 고민해!" 그러자 다른 후배가 "**이 형 말은 끝까지 들어야 해"라고 했다. 그때 또 다른 후배가 "아냐, **이 형은 말이 아니라 첫 뻑을 조심해야 해!" 이렇게 거들었다. 맨 끝에 있던 후배가 "형 스타일은 그랜전데 왜 **타?" 난 그저 씩 웃고 아무 말도 하지 않았다. 그 방에 있던 사람들 모두 나를 주제로 한마디씩 하고 분위기는 화기애애했다. 그런데 왜, 다들 나한테 관심을 가질까? 이런 인기는 쓸데가 없다. 더군다나 그날 그 방에 있던 사람 중에 날 제대로 이해하고 있던 사람은 아무도 없었다. 어쩌면 이 모든 게 다 내 탓이다. 내가 진심을 보여주지 않았으니까, 마음을 열지 않았으니까, 그 무엇도 알려주지 않았으니까…

여하튼 조금이라도 풀려서 뭐라도 되면 거기에 맞춰 새로운 관계가 형성된다. 정확하게 나랑 비슷한 처지에 있는 사람들과 만나게 된다. 마음이 맞는 사람들, 왠지 정이 가는 사람들, 뭔가 불편한 사람들! 그 비율마저 예전과 비슷하다. 공감한다는 게 절대 쉽지 않다. 진심을 주고받는 게 간단한 일이겠나? 지금까지 모르다가 지금부터 안다는 거 피곤한 거다. 어디까지 꺼내 놔야 하는 걸까? 초라하고 구질구질한 걸 꺼낼 필요는 없다. 그 많은 고통과 상처를 빼면 가면을 쓰는 걸까? 늘 그랬던 것처럼 당당한 게 낫지 않을까? 완전히 새로운 사람이 될 순 없겠지만!

아주 잠시라도 내 맘이 머물렀다면 그건 진심! 너와 난 타이밍이 맞을까? 단 한 번만이라도, 단 한 번만이라도 만나, 너와 내가 우리가 될 수 있을까? 과연 우린 우리가 될 수 있을까? 바라보기만 하는 것 말고 진짜 현실! 왜 바라보기만 할까? 뭔가를 살피는 것일 수도 있고, 준비는 안 됐지만 계속 끌리는 것일 수도 있고… 넌 진정, 나의 첫사랑이자 마지막 사랑이 될 수 있을까? 꼭 그럴 수 있길!

놓친 거, 거절당한 거, 멋지게 인정하고 다시 잘 찾아보면 다른 사람을 만나게 된다. 진짜 내 인연! 이론적으로는…

세상 모든 일이 다 '어느 정도'다. 흔히 하는 말로 '선을 넘지 않는 것', 그러니까 '용인할 수 있는 범위 내에서 서로를 존중하는 것'이야말로 핵심사안이다. 이분이랑 '함께 갈 수 있을까?' 이런 딜레마의 순간에 대부분 사람의 판단 근거가 되는 문장이나 단어는 대개 둘을 넘지 않는다. 하지만 사람에 따라 같은 부류를 알아보는 동물적 감각을 중시하는 분도 있다. 여하튼 통상적으로 받아들일 수 있는 정도에서 그 '정도'가 결정된다. 그러나 어떤 경우라도 시간이 어느 정도 흘러야 '함께하는 게 맞았는지 틀렸는지' 알 수 있다. 서로 이럴까 저럴까 하다가 부정적으로 결론이 날 때 가치관의 차이와 사건의 시점이 무엇보다 중요한 쟁점이 된다. '그게 왜?', '누가 먼저?' 일반적으로는 별거 아닌 것 같은 일인데 누군가에게는 심각한 문제일 수 있다. 독특하거나 자기중심적인 분들이 특별히 까다로운 건 아니다. 모든 일에 완전히 같은 생각을 하는 사람은 세상 어디에도 없다. 끝없이 어처구니없이 하면 홧김에 일부러 선을 넘을 수도 있다. 그리하면 귀한 그림을 헐값에 넘기는 꼴이 된다. 거기에다 잘못의 선후에 엇갈린 견해까지 만든다. 이건 나중에 치명적일 수 있다. 사소한 실수로 어리석음의 극치에 닿는 건 패착이 아닐 수 없다.

둘이 앉아서 서로 계속 말 자르면서 "내 얘기 들어봐!" 하는 분들을 봤다. 끝없이 같은 말을 반복하면서… 그런 관계를 이어간다면 엮여있는 모두가 고통이다.

함께 갈 수 있는지 보는 거다. 서로 늘 항상! 모든 건 언제든 변할 수 있다. 함께 가는 것도 중요하지만 손을 놓아야 할 때 잘 놓아야 한다. 잘 놓는다는 것이 꼭 예쁘고 좋게 그리해야 한다는 뜻은 아니다. 강력한

경고가 필요할 때도 있다. 여하튼 여지없이 끝을 잘 마무리하면 다시는 안 보게 된다. 모르지, '아직' 안 보고 있는 것인지도! 이상하게 "내 여기 다신 안 와!" 그런 말을 하면 전혀 예상치 못한 곳에서 또 마주친다. 더 지저분하게! "더 좋은 인연으로 다시 만나자!" 이 말은 제일 좋아하는 말이고 정말 그럴 수 있길 바랄 때 하는 말이다. 하지만 대개는 다신 못 만난다. 물론 아직 삶이 끝나지 않았으니 다시 볼 수도 있다. 언젠가! 하지만 대개 이런 경우 인연의 완성이다. 설령 다시 본다 해도 뻘쭘한 경우가 많다. 그러나 아직 모든 기대를 버린 건 아니다. 모든 사람이 전부 날 좋게 말할 수는 없다. 내가 남들을 평가하듯이 다른 이들도 날 평가하고 분류한다. 나만 의도가 있나? 다른 사람들도 뭔가 의도가 있다. 가장 좋은 그림은? 이게 제일 어렵다. 세상 모든 사람과 대화하고 협상할 수 있다. 당연히 누구라도 품을 수 있고 누구와도 전략적 동반자가 될 수도 있다. 하지만 그런 포용력이 있어도 일부러 그렇게 하지 않을 수도 있다. 함께 갈 수 없다고 모두가 적이 되는 것은 아니다. 무채색에 아무 상관 없는 관계, 그게 제일 좋지 않을까? 누구도 없고 그 무엇도 갖지 않는 삶! 행복하지 않아도 좋다. 말도 안 되는 상상은 필요 없다. 그런 일은 절대 없다. 좋지 않은 일을 생각할 필요는 없지만, 가능성을 가늠해서 대응책을 세울 순 있다.

무슨 말을 하려면 뭘 좀 알고 해야 한다. 감당할 수 있는 만큼 떠들어

대야 하고 말이 되는 소리를 해야 한다. 그리고 무엇보다도 자기가 먼저 무슨 짓을 했는지 반드시 기억해야 한다. 기분이 좀 상했다고 막 나가면 스스로 퇴로를 차단하는 꼴이 된다. 배수의 진은 함부로 꺼내면 안 되는 카드다. 꺼지라면 꺼지고 빠지라면 빠져야 한다. 그럴 때 미적대면 나중에 우스워진다. 떠날 땐 말 없이 가는 게 좋다. 칼자루를 쥐고 행복한 고민을 할 때도 붕 떠 있으면 안 된다. 마구 칼을 휘두르며 현란한 춤사위로 잘난 척을 할 때도 남들이 하는 말이 들려야 한다. 뾰족한 수가 없어 냉정하게 털어야 할 때도 최소한의 예의는 지켜야 한다. 모함하고 협박을 해도 넘지 말아야 할 선이 있다. 다른 사람이 말하고 있는데 함부로 비웃고 혀를 차면 본인의 인격 수준이 드러난다. 모든 잘못을 뒤집어씌우려 해도 손바닥으로 하늘을 가릴 순 없다. 웃어넘길 수 있는 거짓말도 있고 심지어 선의의 거짓말도 있다. 하지만 완전히 터무니없으면 사람을 다시 보게 된다. 반드시 알려야 할 사실을 숨긴다면 거짓말을 하는 것과 크게 다르지 않다. 신뢰라는 게 한 번 깨지면 되돌리기 힘들다.

누가 진심인지, 누가 정말 뛰어난 건지, 지금 이 자리에 누가 필요한 건지, 누가 나랑 제일 잘 맞는지, 그런 사람을 알아보는 것, 그게 참 능력이다.

내가 많은 사람에게 상처를 줘서 인생이 안 풀리는 거라는 말을 들은 적이 있다. 난 그런 적 없다. 언제나 예의 바르고 실수 없는 사람이었다.

왜 상처를 받는 걸까? 도대체 무슨 상처를 준 걸까? 아무것도 하지 않았는데! '아, 그분들이 원하는 걸 하지 않았구나!'

내가 손해 보는 사람이라는 말을 들은 적이 있다. 난 그런 적 없다. 나의 셈법을 아직 이해하지 못한 거다. 내 진심이 어디에 있는지 파악 못한 거다. 이익과 손해로 나눌 수 없는 영역도 존재한다. 왜, 사람들은 잘해주면 물어뜯고 이용하려 할까? 정답은 아주 쉽다. 하지만 나에게 그런 말을 해주는 사람은 날 걱정해주는 사람이다.

내가 항상 악역이라는 말을 들은 적이 있다. 난 그딴 거 하고 싶은 적도 없었고 그런 사람이 되고자 한 적도 없었다. 도대체 왜? 날 그런 역할로 몰까? 답은 간단하다. 내가 빠지면 남은 사람들이 화합할까? 그런 자에겐 또 다른 악역이 필요하다. 도대체 친구가 뭘까?

내가 누군가에게 들은 말 중에 차마 적을 수 없는 말들이 있다. 돌이켜보건대 그 두 분의 말씀은 전적으로 옳았다. 오랜 반성의 흔적은 여기저기 많은 단락에 흩뿌려져 있다. 잘못의 본질은 내 욕심에 있었다. 그걸 거둔다는 게 쉽지 않지만 그래야 함께 살 수 있을 것 같다. 다시 마주친다면 감사하고 미안하단 말을 건네고 싶다.

넌 아무 잘못 없어, 널 흔든 건 나야, 넌 그냥 너야, 넌 언제나 그랬어. 항상 내 맘대로 생각하고 아무 말이나 마구 늘어놓았지, 우리가 손 놓은 건 정말 최고로 잘한 일이야! 잘 살든지 말든지 그건 너의 자유, 그냥 늘 하던 대로 그렇게 살아!

술값 백만 원 내고도 신경 안 쓰는 분들은 자기 술 마시는데 그 자리에 다른 사람들이 함께 있었을 뿐이다. 다른 사람들 취향? 그런 건 관심 없다. '저 사람은 왜 안주를 안 먹지?' 그런 생각이라도 하면 다행! 항상 자기가 돈을 내니까 다른 사람들이 뭐 먹고 싶은지, 어디 가고 싶은지 관심 없다. 하지만 김치찌개 사 주고 나중에 "그때 내가 밥 샀지?" 하는 분들은, 좀 없어 보이지만 아끼고 아낀 자기 용돈을 쪼개 크게 대접한 거다. 어느 쪽 선택? 어느 쪽이든 상관없지만 이건 좀 그렇다. 그저 밥 한 끼 사고서 마치 평생 먹여 살린 듯이 하는 분들! 그런 분들에게는 물 한잔도 얻어 마시면 안 된다. 이래서 서민들끼리 만나는 거면 정확히 나눠 내는 게 좋다. 그런 관계가 오래가는 법이다. 확실히 N 분의 1은 과학이다.

알아도 모른 척, 봤어도 못 본 척, 있는 듯 없는 듯, 둥글둥글 살아갈 수 있다면… 어디서도 티 나지 않게, 모나지 않게 그럭저럭 살 수 있다면… 누구라도 일정한 거리를 두고, 그저 사람 좋다는 소리 들으며 살다 갈 수 있다면… 하지만 별생각 없이 잘해주면 자기 좋아하는 줄 알고, 가벼운 일에도 고맙다고 하면 언제든 쉽게 이용할 수 있는 바보로 안다. 어쩌지? 슬쩍 보여주는 거다. 아니, 확실하게 말하는 거다. 싫으면 싫다고, 좋으면 좋다고! 꼭 말하지 않아도 같은 효과를 내는 표현도 많다.

알아도 모르는 척 봤어도 못 본 척 둥그스름하게 대충 얼버무리면서 살아가는 게 좋다고 생각했었다. 근데 그러면 우습게 알고 물어뜯고 이용하려 든다. 아는 걸 안다고 하고 모르는 걸 모른다고 해야 한다. 제일 좋은 건 함부로 하는 분들끼리 살아가시게 하면 된다. 그럼 간편하게 모든 게 정리된다. 쓸데없는 인연에 집착할 필요 없다. 만나면 기분 좋아지는 사람들, 따듯하고 긍정적인 에너지를 주는 사람들만 만나도 인생이 짧다.

신세 진 거 갚으면 좋지만, 직접 돌아가지 않는 경우가 많다. 그저 마음만 있을 뿐! 잊지 않는 거, 그게 최고인 것 같다. 작은 성의 표시하고 갚았다고 하면 안 된다. 보은을 다른 사람, 다른 곳에 하더라도 나쁘지 않다. 좋은데 쓰는 거라면…

가장 근원적인 기본권을 끝없이 침해해왔고 앞으로도 계속 그럴 위험이 있다면 더는 그렇게 하지 못하도록 해야 한다. 그러려면 내가 뭔가 쥐고, 그것을 언제든 빠르게 꺼낼 수 있도록 준비하고 있어야 한다. 그 뭔가를 발견한 다음부터는 함부로 못 한다. 무시해도 상관없을 것 같을 때 막 나가는 법이다. 우습게 보이면 안 된다. 계산에 밝은 사람들은 이런 것에 민감하고 재빨리 태도를 바꿀 수 있는 능력을 갖췄다. 그런 이들을 인간적으로 신뢰할 순 없겠지만 서류만 완벽하다면 거래를 못 할 건 없다.

수틀리면 누구나 변한다. 하지만 사람에 따라, 그 방법에 따라, 가끔 놀랄 때가 있다. 없는 일로 모함하고, 등 뒤에 칼을 꽂으려 미쳐 날뛰고…

요즘 어떠신지 여쭤보고, 뭐든 챙겨드리고, 위험한 건 위험하다 말씀드리고, 잘해드리고 싶어 나름대로 최선을 다했다. 그런데 돌아온 반응은 예상과 달랐다. 이유가 뭘까? 도대체 뭘 어떻게 해드려야 할까? 나만 모르는 정답은?

해보지 않은 거, 겪어보지 않은 거 함부로 말하는 거 아니다. 왜 세상이 경력자를 우대할까? (조직을 탄력적으로 운영하는데, 방해되지 않는 한) 그들이 와서 단번에 조직을 돌아가게 하기 때문이다. 그런데 대단히 전문적이고 복잡한… 그러니까 엄청난 기간의 수련과 누구나 인정할 수밖에 없는 자격증이 있는 분들이라면 모르겠지만 그렇지 않은 분들은 들고 있는 장비가 별거 없다. 그런데도 지나치게 우대받는다면 안으로 흔들릴 수밖에 없다. 이래서 CEO의 리더십이 중요한 것이다.

[Rude Liars] 운명을 거슬러 심해를 거닐면 절대 만날 일 없었던 생명체들과 경이롭고 환상적인 만남을 겪게 된다. 이런 자들은 자신들이 먼저 저지른 언행은 전혀 생각하지 않고 무조건 남의 탓을 한다. 그러

고 상대방이 자기를 미워하고 무시한다고 믿는다. 하지만 정상인 대부분은 미워할 만큼 그들에게 관심 없고 무시할 만큼 잘난 게 없다. 또한, 자기는 무조건 옳고 다른 사람들은 아무것도 모른다고 느낀다. 여의찮으면 약간의 과장이 아닌 거짓으로 사실을 덮으려 시도한다. 이런 자들은 죽을 때까지 결코 잘못을 인정하지 않는다. 난 이렇게 말할 자격이 있나? 日新又日新, 그들과는 완전히 다르게 살리라! 천박함과 무례함이 물리적 질량으로 측정된다면 그 무게만큼 반격할 수도 있다. 하지만 살짝 비켜서면 알아서 엄한데 꼬라박는다. 2016/10/25

 살짝 묘한 표정으로 코웃음을 친다. 코웃음과 따뜻한 미소는 다르지 않나? 어쩌면 살짝 애교 섞인 꼬드김일 수도 있다. 그걸 알아도 상대방은 징그럽고 어처구니없을 수 있다. 그런 가벼운 엇나감이 훗날 매우 커다란 일을 일으키는 실마리가 되었다. 그런 행동이 불쾌하다고 말했고 진의가 무엇이든 궁금하지 않았다. 이번엔 사과 대신 웃음을 보인다. 사실 '내가 이 정도 했으면 됐지.' 그리 말하는 것처럼 느껴졌다. 자기 잘못에 대해 구체적인 유감 표명이나 사과 뭐 그런 식으로 하지 않고… 무례한 행동을 한 뒤 미소를 보낸다고 사과한 것이 될 수는 없다. '뭐 그럴 수도 있지.' 평가는 이미 끝났다. 그냥 무시하고 관두기로 했다. 상종하지 않기로 했다. 그런데 멈추지 않는다. 사귀기 직전 밀고 당기기를 하는 게 아니다. 계속 자신 안으로 끌어들이려 하고 상대방은 싫고, 여기서 그냥 끝냈으면 아무 일 없었다. 한발 더 나아가 사실을 왜곡하고 주변을 끌어들여 덫을 놓고 자극하고 모함하고 협박하고 혀를 차고 킥킥댄다. 그런 자극으로 폭발을 만들고 무섭고 이상한 사람을 만들려 시도한다. 위에서 내린 지시? 폭력조직? 헛된 짓거리에 호응하는 건 우정인가? 그들이 기대하는 일은 절대 벌어지지 않았다. 훤히 보이는 얄팍한 수! 안타까웠다. 가볍게라도 사과했다면 웃어넘겼을 것이다. 뭐 대단한 일이라고! 그 모든 악행은 용서받은 게 아니다. 용서한다고 용서받지도 못한다. 그냥 덮었을 뿐이다. 이제 정말 끝이다.

웃음에도 종류가 여러 가지다. 밝은 미소로 환하게 웃는 것과 코웃음을 치며 비웃는 게 같은가? 간단히 사과하면 끝날 일이었다. 자신이 원하는 대로 되지 않자 한술 더 뜬다. 혀를 차며 야단법석을 떤다. 그런 행동은 이미 도를 넘어선 것이다. 온갖 사람들을 끌어들이다 기어이 말도 안 되는 일이 일어났다. 사과하고 잘 마무리할 수 있게 길고 긴 충분한 시간을 줬다. 무대응도 대응이다. 이번엔 온 사람들이 다 나서 조직적으로 방해하고 무섭고 이상한 사람을 만들려 시도한다. 무슨 조직? 틀려도 편들어주는 게 우정인가? 참다 참다가 면담했다. "짐작일 뿐이지, 그런 일은 없었다"라고 하시기에 안타깝고 아쉬웠다. 이해하려 노력했다. 다 살고자 하는 거겠지. 누구나 자기 입장이 있다. 아니라고 하기엔 너무 많은 사람이 저간에 일들을 알고 있다. 용서한 건 아니다. 미워할 만큼 관심 없다. 끝없이 시비 거는 싸구려 덫에 걸리지 않았다. 드디어 알게 된 사실! 잘못을 뉘우치고 사과할 사람이라면 애초에 그런 식으로 하지도 않는다는 것을! 이젠 너무한 거란다. 적반하장, 피해자 코스프레! 전생의 죄가 하늘을 찌르는구나! 어떻게 저런 사람들을 마주칠까? 이번 생을 잘 마무리해 이런 인연들을 끊을 수 있길!

미안할 때 미안하다고 하고 고마울 때 고맙다고 하는 게 어려운가? 사과하고 용서를 구해야 할 때 진심으로 그리 하는 게 힘든 일인가? 그런데 그것도 다 때가 있다. 타이밍을 놓치면 다 쓸데없다. 자기 잘못을 덮으려 거짓된 모함이나 트집으로 가는 선택은 최악이다. 반드시 커다란 대가와 격하게 마주친다. 이런 분들이 마지막에 하는 말은 대체로 이렇다. "내가 뭘 그렇게 잘못했어? 이거 정말 너무하는 거 아냐!" 대사가 토씨 하나 안 틀리고 항상 똑같다. 잘못을 인정하고 사과할 분들이라면 애초에 그런 언행을 하지 않는다.

천박하고 무례함의 극치, 비열한 거짓, 상황이 바뀌면 재빨리 태세를 바꾸는… 참지 말고, 담아두지 말고, 싸우지 말고, 손에 피 묻히지 말고, 알아서 파멸하게, 그 무엇도 불가능하다면 뒤로 물러서, 다시는 보지 않게, 그냥 놔둬… 어차피 다 죽어! 제일 웃긴 건, 엄하게 모든 것을 날리고 맨 마지막에 미운 사람 이름 적는 것… 끝이라고 아무 말이나 막 하면 다 말이 되나? 잘난 척이나 아는 척으로 비칠 수 있는 말, 마음에 없는 말치레, 상대를 깎아내리는 막말… 이 모든 게 업이 되어 돌아온다. 지난 일 후회해봐야 소용없다. 그 무엇도 되돌릴 수 없다.

내 눈에 보이는 건 남들 눈에도 보인다. 내가 아는 건 남들도 안다. 오죽하면 내가 알겠나? 여기저기 발 넓은 게 반드시 좋은 건 아니다. 여기저기서 욕만 먹고 다니는데 본인만 모를 수도 있다. 그런 분들은 자신을 정확히 모르는 경우가 많다. 남들은 관심 없는 얘기, 공감할 수 없는 얘기… 다른 사람 말은 잘 듣지 않고 함부로 혀를 찬다. 자신이 남들에게 함부로 한 건 까맣게 잊고, 사실을 기반으로 한마디 하면 모욕이라며 사과하라 광분한다.

세상을 더럽히는 똥들이 있다. 그들은 대체로 세상의 변화에 맞추는 듯 흉내 내지만 그 참모습을 이해하려 하지 않는다. 필요한 부분만 예리하게 도려내 아무렇게나 아무 데나 갖다 붙인다. 그렇게 쓰인 단어들이 안쓰럽다. 이런 생명체들은 명백한 사실을 제시해도 인정하지 않는다. 끝없이 말을 바꾸고 근거 없는 트집으로 괴롭힌다. 무식하고 천박하다 보니 아무 말이나 마구 해댄다. 자기의 방식을 따르지 않는 자들을 길들이려 한다. 자기가 뭔지 모르고 깝죽거리고 나댄다. 그러고는 자신의 모든 행동을 근본 없이 포장한다. 긍정적인 것이 있다면 자신이 믿는 것이 옳다는 신념을 가지고 끝없이 노력한다. 다행인 것은 능력이 부족해 세상을 망치진 못한다. 누가 더러워진 곳을 닦을까? 모르는 척

지나갈 수 있다면 행복할 수 있다. 하지만 누군가에겐 내가 똥이다. 개념의 정의는 다르지만 나와 같은 단어를 사용한다.

자본가, 권력자… 그런 사람들이 사람 무시하는 거 정말 견디기 힘들다. 뭐라도 되면 막 해도 되나? 그런데 뭣도 아닌 사람이 완장 비슷한 거 차고 뭐라도 된 듯 깝죽거리고 나대면 정말 눈 뜨고 보기 힘들다. 대부분 거기서 그치지 않고 무례의 극치를 보여준다. 조금이라도 고분고분해 보이면 물어뜯으려고 하고 자기가 원하는 대로 하지 않으면 끝없이 말 바꾸면서 괴롭힌다. 참다 참다가 가볍게 역공을 날리면 모욕적이라고 사과를 요구한다. 그래서 법정에서 진실을 가려보자고 하면 무슨 경험이 어쩌고… 그런 공방이 두렵지 않지만, 상황에 맞는 칼이 있다며 발을 뺀다. 이런 사람들이 대체로 어디서 듣고 본 건 많다. 상황이 바뀌면 무릎이라도 꿇을 듯 비굴해진다. 이럴 때 조심해야 한다. 반드시 나중에 뭔가 꺼내 들고 협박할 터이니! 가장 좋은 건 다시는 그 어떤 이유라도 마주치지 않는 것! 그럴 수 없다면? Good Luck!

전 재산을 도박으로 날리는 건 자유다. 누구나 자신의 삶을 파괴할 권리가 있다. 그런데 그러고선 아무 상관 없는 문제로 엮인 사람을 탓하는 건 옳지 않다. 그 모든 것들의 대가는 절대 가볍지 않다. 처음에는 잘 모른다. 대가를 치를 때, 천명을 알게 되는 순간을!

도대체 왜 저럴까? 어떻게 저럴 수 있을까? 그런 건 중요하지 않다.

상대방의 마음을 빨리 파악해서 적절하게 대응하는 게 중요하다. 진심이 뭔지, 뭘 하려고 하는지, 도대체 뭘 원하는 건지… 내 순수함이 상대방에게 정확하게 전달되지 않는다면 어쩔 수 없다. '그럴 수도 있지!' 그런 마음으로 살아야 살 수 있다. 뭘 그리려 했든 마지막에 나온 그림이 내 그림이다. 어찌할 것인지는 그린 사람 마음이다. 이렇게 말로 하는 게 제일 쉽다.

모든 언행은 업이 되어 반드시 연으로 돌아온다. 최악의 순간에 최악의 인간과 마주친다. 내가 완벽히 옳아도 매끄럽지 않게 돌아올 수 있다. 이럴 때 가장 중요한 건 상대방의 퇴로를 열어줘야 한다는 점이다. 기분을 나쁘게 하고 자존심을 상하게 한 만큼 거하게 돌려받는다. 나쁜 인연을 붙들고 있을 필요는 없다. 실체를 알고도 머뭇거리면 더 큰 한 방을 날려 주신다. 갈등과 불신은 재빨리 치우는 게 상책이다. 힘들 때일수록 혼자 있는 게 좋다. 반대로 누군가 내 손을 놓으려 할 때 질척거리면 그건 분노일 뿐이다. 모든 사람의 손을 놓으면 외로울까? 아니 자유롭다.

어느 날 번호를 바꿨다. 며칠 후, PC와 손전화를 동기화하다가 연락처 번호들을 날렸다. 초창기 프로그램은 날리면 복원할 수 없었다. 번호 바뀐 것을 알려주려 했던 사람들, 내가 그토록 소중하게 생각했던 사람들과 연락이 끊기고 처음엔 외로웠는데 조금 지나니까 편하고 자유로

워졌다. 다 놓으니 비로소 웃게 되었다. 소중한 사람 그건 그저 내가 만든 울타리일 뿐이었다. 치우면 흔적조차 없다.

믿었던 사람의 진심을 알았다면 있는 그대로 받아들이고 인정해야 한다. 본질을 그대로 받아들일 때 서로가 만족하게 된다. 맞지 않고 믿을 수 없는데 이미 그렇다는 것을 알고도 우기고 또 우기고… 배신감을 외면한다면 그건 위선이다. "우리가 어떤 사이냐?" 그래 놓고 뒤에서 거짓을 보태 모함한다. 아직 모를 땐 온갖 좋은 말 늘어놓고 안 좋게 끝나면 "네가 무슨?" 그러면서 킥킥댄다. 그런 언행이 참고 참았던 것들을 모두 폭발시키는 도화선이 된다. 그 사람들이 어떻다가 중요한 게 아니라 나의 사람 보는 눈이 성능미달이다. 엄청나게 부족한 거다. 부족한 사람이 꺼지는 게 맞다.

나를 모르고 남을 모르면 헛소리, 쓸데없는 소리 하게 된다. 다른 사람들이 무슨 생각을 하는지 파악하지 못하거나 알아도 무시하고 자기 말만 계속하면 사람들이 싫어한다. 그런데도 끝없이 혀를 놀리면 상대방은 기가 막힐 뿐인데 멈추지 않는다. 무식한 사람이 막 나가면 위태위태하다. 이 세상 모든 일을 다 아는 듯이 해봐야 그저 잘난 척일 뿐이다. 이건 분명 아픈 거다. 난 치료가 끝났다. 근데 넌?

어떤 관계를 맺을 것인가? 사람들의 모습을 보고 내가 뭔가 느낀다면 항상 나는 어떤지 돌아본다. 어떤 상처를 주고받는 걸까? 도대체 어찌

하는 게 좋은지, 가장 좋은 방법이 뭔지… 똥을 밟을 필요는 없다. 참아야 한다. 밟아봤자 내 신발만 더럽혀질 뿐! 그 무엇도 변하지 않는다. 힘들면 피하면 된다. 피할 수 없다면 밟지 말고 돌아서 가면 된다. 똥은 지가 똥인 줄 모른다. 얼마나 세상을 더럽히는지 모른다. 기가 막힌다. 그래도 놔둘 때가 있다. 말해봐야 소용없으니까… 꼭 필요하다면?

'동양철학은 볼 관자 관이다.' 한마디로 이렇게 말할 수 있다고 한다. 우리가 알고 있는 현대 과학이나 상식과는 평면이 다르다. 우리네 기저에 깊이 자리 잡고 있는데 잘 모르고 있기도 하다. 十三經의 세계 말고 命·卜·醫·相·産, 五術의 영역도 무시할 수 없다. 그중 어딘 가에 形·沖·破·害라는 게 있다. 거기서 害는 이론적으로 가장 약하다. 그런데 이게 왠지 집요하게 조금씩 괴롭히는 느낌이다. 화끈하게 패지 않고 끈질기게 괴롭히는 것! 사실 이런 게 훨씬 더 무섭다. 포기하지 않고 끝없이 조금씩 흔드는 것! 혹시 어설프게 아는 자의 섣부른 일반화?

안전모도 없이 엄한 스쿠터 뒤에 타고서 "오빠, 달려!" 이렇게 외치는 여자아이들을 본 적이 있다. 속도와 함께 밀려오는 매력적인 바람에 자신의 생명을 거는 건 자유다. 세상에 위험이 얼마나 많은가? 이 정도는 사실 별거 아닐 수도 있다. 신호위반에 과속하며 이리저리 틀어 대는 핸들! 현란한 기술이 놀랍기만 하다. 하지만 그날이 마지막일 수도 있다.

**대로를 무단횡단하다가 과속으로 오는 택시에 희생된 분을 본 적이 있다. 안전하게 건널 수 있는 지하차도가 있는데 왜 그러셨을까? 지금은 도로 구조가 바뀌어 중앙에 버스 전용 차선을 만들었고 신호등과 건널목이 생겨 과속할 수 없게 되었다. 조금이라도 길게 차선이 이어지면 어김없이 빨리 달리는 차들이 있다. 애초에 그렇게 하지 못하도록 설계하는 게 최선이다. 하지만 어떤 경우에도 무단횡단은 절대 안 된다. 119 요원이 와서 사망을 확인하고 시트를 덮기 전에 마지막으로 본 그분의 표정이 지금도 잊히지 않는다.

혼자 술 마시고, 혼자 밥 먹는 사람들은 대체로 셋 정도의 유형이 있다고 본다. 현재 자신의 상황으로 인해 인간관계 포기상태거나 별의별 사람들에 이미 지친 경우 혹은 술이나 밥이라도 좀 자신의 취향대로 먹고 싶은 사람들일 것이다. 사실 짜장 짬뽕이면 같이 가지만 하나가 비빔밥이면 누구라도 한쪽은 양보해야 한다. 요즘은 대학 1학년들마저 아무런 망설임 없이 아웃사이더의 길로 들어선다고 한다. 그리고 바로 공무원 시험 준비! 쓸데없는 인연 따윈 신경조차 쓰지 않고 요즘 삼대 인기 직업이라는 가업 승계자, 건물주, 공무원 중 현실적으로 가능한 하나라도 빨리 되는 게 어쩌면 현명한 건지도 모르겠다. 2018/02/22

어떤 업계에 있다가 다른 업종으로 가면 전에 받았던 수백 장의 명함은 모두 버리게 된다. 비즈니스 관계의 민낯! 후원자 잡으려고 특정 지역 헬스장 같은 데 가봐야 거의 실패다. 그쪽 사람들 그리 허술하지 않다. 버려지는 Biz Card보다 더 가련해질 수 있다.

네가 말썽 피우는 것보다 너의 낮은 눈에 놀랐다는 말을 들은 적이 있었다. 누군가 먼저 무슨 말을 했었고 그때 난 그게 중요하다고 생각했었다. 하지만 내가 지키고 싶었던 건 원래 존재하지 않는 빈껍데기였다. 먼 훗날 완전 엄한 데서 다시 마주쳤었는데 모르는 척해줬다. 나의 배려는 의미 있었을까?

친구? 공감하는 타인이다. 무엇을 공감하는가? 일, 정치, 사상, 종교, 취미, 술, S… 자주 만나다 보면 특별한 의미를 부여하게 된다. 한쪽은 고귀한 단어를 사용하는데 다른 한쪽이 평범한 것을 선택한다면 부딪힐 수밖에 없다. 냉정하게 어떤 관계인지 인정하고 받아들여야 한다. 그냥 넘길 수 없는 무례와 거짓이 반복된다면 끝냄을 고민하게 된다. '우린 친구야.' 그러면서 머뭇거리면 더 큰 한 방을 맞게 된다. 그 한방이 형사 문제여서 경찰서에 가게 된다면 무지하게 귀찮아진다. 뭔가 막 튀는데 그거 만만치 않다. 피해자라 해도 다르지 않다. 유명인들이 겪는 헛소문으로 인한 2차 피해가 아니어도 충분히 거지 같다. 손에 피 묻히지 않고 바로잡을 수 있다면 그쪽도 괜찮긴 한데 시간과 끈기가 필요하다. 단, 확실한 뭔가를 쥐고, 상황을 제어할 수 있는 능력이 필요하다. 2018/03/25

지향점이나 취향도 비슷하고 신뢰할 수 있는 사람을 친구라 하면 될까? 지인이라는 말도 좋다. 훨씬 부담 없고 담백하다. 공감하는 타인! 머리에 떠올리기만 해도 미소 짓게 된다. 만나면 기분 좋아지는 사람! 그런 사람들만 있으면 얼마나 좋을까? 친구든 지인이든 서로를 인정하고 거짓이 없어야 한다. 친할수록 기본적인 예의가 더욱 필요하다. 편하다고 함부로 하면 소중한 그 무엇을 언젠가 반드시 잃게 된다. 중요 사안에 정반대의 의견을 갖고 있더라도 서로가 선을 지킨다면 좋은 관계가 유지된다. 의례적으로 계속 봐야 하거나 공적인 관계라면 완전히 다르다. 서로 맞춰 가야 한다. 제일 중요한 것은 적절한 거리와 Give & Take! 패가 맞으려면 상대가 달라는 걸 줘야 한다. 동시에 갖고 싶은 게 그쪽에 있어야 내가 가진 걸 내놓을지 말지 고민할 수 있다. 주고받는 것 없이 끝없이 토론? 아무것도 변하지 않는다. 패가 맞으면 친구보다 훨씬 좋은 파트너가 될 수도 있다. 패가 안 맞을 땐 실망할 필요 없다. 그건 그냥 아닌 거다.

'그땐 내가 나빴다'라며 인정한 분이 있었다. 그 당시엔 나도 많이 부족했고 그분의 진심과 마음을 헤아리지 못했다. 분명 내 잘못도 있었다. 그런데 다시 관계가 이어졌다면 우린 또 다른 갈등을 빚었을 것이다. 누구처럼!

누군가 날 정리했을 때 처음엔 당황한다. 하지만 그것처럼 웃기는 게 없다. 오죽했으면 그랬겠나! 그분 마음도 인정해야 한다. 아무도 없어도 아무런 문제 없다. 누구라도 만나고 싶어서 아무나 만나거나 놓았던 손을 다시 잡는 건 정말 최악의 선택이다. 여하튼 만날 수 있는 사람들은 얼마든지 있지만, 시간이 갈수록 만나서 편하고 좋은 사람들은 점점 줄어든다. 언제나 진심이었고, 분명하고 정확했다면, 배려하고 경청했다면, 누구도 이용한 적 없다면… 그럼 된 거다.

내가 손 놓은 사람, 생각하지 말자! 나보다 훨씬 잘산다. 내 손 놓은 사람, 미워하지 말자! 얼마나 기가 막히고 어이없었으면 그랬겠나? 세상살이에서 만나지 않으려 애쓰면서, 어떻게든 피하려 애쓰면서, 왜 머릿속에서 만나는 것인지… 싫은 사람들! 불편한 사람들! 상종하기 싫은 사람들! 그런데 혹시 누구라도 진짜로 마주친다면 이렇게 인사하고 싶다. Good afternoon, Take care!

이미 관계가 끝났는데 머릿속에서 지워지지 않고 자꾸 떠오르는 자들이 있다. 내 안에 있는 허상! 어찌어찌 아무렇게나 험하게 해봐야 그게 결국 나다. 끈질기게 물고 늘어지는 게 그들이 아니라 나라니 우스운 일이다. 성현의 말씀을 따라 그들을 축원한다면 결국 나를 축복하는 것이 된다. 유명하신 스님 한 분은 용서하고 내쫓으라 하셨다. 내가 살아야 하니까… 그런데 그 용서라는 게 쉽지 않다. 꼭 용서해야 할까? 그런 의문도 든다. 하지만 용서하지 않고 계속 붙들고 있으면 내 마음에 고요를 얻을 수 없다. 무례, 거짓, 배신, 공사… 서운함, 분노, 슬픔, 회

한, 기막힘… 그 옛날 나 역시 그들만큼 부족했다. 아무러면 어떤가? 아무리 길어봐야 몇십 년이다. 그냥 둬도 다 사그라진다. 이래도 저래도 상관없지만, 휴지통은 반드시 비워야 한다. 삭제하고 그대로 두면 아직 거기 있는 거다. 그럼 언제든 복원할 수 있다. 더 심한 꼴을 보고 싶지 않다면 뭐가 최선일까? 다시 깔면 좋겠지만 그건 내가 아닐 터! 원래 존재하지 않았거나 이미 죽어 다신 만날 수 없는 자들로 되면 최상이다. 내가 죽인 게 아니다. 단지 지웠을 뿐, 난 아무것도 하지 않았다. 최종목표는 아무리 기억하려 해도 기억나지 않아 그 무엇도 새길 수 없는 상태, 바로 그것이다. 언젠가 올 그날을 위해 차분히 숨을 몰아본다.

감정도 낭비하면 파산한다. 정신적으로! 적절한 워크아웃 시기를 놓치면 심신이 너덜너덜 피폐해진다. 지난 일의 잔상이 계속되면 하릴없이 쳇바퀴에 갇히게 된다. 결국, 기어이 마지막 험한 꼴까지 보게 되면 지침 끝에 병들고 만다. 별의별 잡동사니가 아무리 잡아끌어도 충분히 벗어날 수 있다. 다 관두고 싶을 때일수록 더욱 힘을 빼야 한다. 술도 적당히 마셔야 한다. 쓸데없이 버틸 필요 없다. 힘들 땐 숨을 들이마시고 잠시 멈췄다가 크게 내쉬면 좋아진다. 할 수 있다. 그래야 살 수 있다.

어쩔 수 없는 거, 되돌릴 수 없는 거, 어떻게도 할 수 없는 거, 분하고, 원통하고, 안타깝고, 아쉽고… 사라진 걸 들춰 봤자 만고에 쓸데없다. 기왕에 벌어진 일은 흔적도 없이 날아갔다. 그것도 이미 아주 오래전에!

내가 도울 수 있는 건 아무것도 없다. 불쌍히 여기지 말라 했다. 어디에도 상책은 없다. 다 인연대로 가는 거다.

옛날에 알던 체육관 선배님이 오래전 술자리에서 이런 말씀을 하셨다. "남자의 삶이란 게 뭐 이래, 젊고 건강할 땐 돈이 없고, 늙어서 돈생기면 힘이 없고…" 그런데 살아보니까 나중에라도 그렇게 되면 참으로 감사한 일일 것 같다.

미운 사람들, 불편한 사람들, 어처구니없는 사람들… 그런 감정이, 실은 다 내가 만든 거다. 그들의 본질이 아니다. 그런데 내가 좋아하는 사람들, 편한 사람들도 전부 놔줘야 한다. 내가 붙들고 있는 건 그들의 참모습이 아니라 내가 만든 허상이다. 바로 보면 참모습을 볼 수 있다.

편의점에서 술을 사는데, 신분증이 필요하다는 녹음된 말이 나왔다. 아르바이트생에게 "왜, 전 검사 안 해요?" 이러니까, 웃으면서 "이번만이에요." 그러기에, "아, 감사합니다." 이렇게 답하고 서로 웃었다. 왜, 기분 업? 시간을 거슬러 잠시나마 소년이 된 것 같은 느낌?

결혼했고 아이도 있는데 엄한 데를 무척 많이 다니시는 분이 있었다. 그것도 모자라 가장 기본적인 방어조차 하지 않았다. 그 부인을 실제로 본 적이 있었는데 안타까웠다. 하지만 그런 감정은 오지랖이다. 그녀도 이미 알고 있을 것이고 둘 사이 문제는 둘이 알아서 하는 거다.

서울의 어느 상급 종합병원에서 진찰받으시는 어머니를 모신 적이 있었다. 이 병원은 지난 수십 년간 많은 변화가 있었다. 그 당시 새로 바뀐 것은 수납 후 주는 종이에 있는 바코드를 찍고 혈압, 신장, 체중을 측정하면 바로 교수님께 전송되어 즉시 확인할 수 있게 된 것이었다. 당일 우리 어머니 앞에서 (티셔츠와 짧은 반바지를 입고 온) 매우 날씬해 보이는 소녀가 먼저 재는 바람에 어쩔 수 없이 그녀의 결괏값을 보게 되었다. 159에 54! 여자 몸무게의 실제 값은 내 짐작에서 5kg 정도 더해야 한다는 것을 그때 알았다.

공공도서관 화장실에 중학생 셋이 들어왔다. 한 친구가 "내가 우리형 싫어하는 거 알지? 아빠가 싫어하는 일만 골라서 해놓고… 야, 우리가 힘으로 덤비면 이기지 않겠냐? 이러는 거야, 그래서 내가 막 뭐라고 했어." 아무 관계도 없지만, 왠지 뿌듯했다. 그런데 마지막으로 덧붙인 말! "자기한테 투자하는 게 얼만데!" 왜, 첫 번째 기준이 돈인가?

술을 적당히 마시고 새벽에 귀가하다 좁은 도로에서 대형 전세버스가 사람들을 태우는 것을 보았다. '도대체 이 시간에 어디 가는 사람들일까?' 궁금해서 가까이 가보니까 낚시터로 함께 떠나는 무리였다. 오랫동안 그 길을 지나다니면서도 그 자리에 낚시용품점이 있다는 것을 그때 처음 알았다. 내친김에 전통시장에 들어가 봤더니 이미 영업을 개시한 점포들이 있었다. '뭐지?' 자세히 살펴보니 다 떡집! 난 돈을 주고 떡을 사 먹어 본 적이 없다. 그러니 당연히 시장에 떡집이 그렇게 많이 있는지 알 수 없었다. 그리고 그렇게 이른 시간에 나와서 떡을 만드시는 줄은 짐작조차 할 수 없었다. 그날 난, 많은 이들이 나랑 매우 다른 형태로 살아가고 있음에 놀랐다.

초등학교 다닐 때 자기는 곧 미국에 이민한다며 늘 놀던 친구가 있었다. 반 아이들 모두 그 녀석을 부러워했다. 고등학교 2학년 때 이과 애들이 있는 층에 볼일이 있어서 갔는데 그 아이가 있었다. "와, 오랜만이다. 야, 너 아직 미국 안 갔네?"라고 물었더니 "음, 곧 들어갈 거야"라고 했다. 그리고는 졸업식에서 다시 마주쳤다. 그 친구가 지나가고 누가 그랬다. "쟨 미국 간다고 학교 와서 맨날 자더니… 나 같으면 영어라도 하겠다." 그 말을 듣고 난 어떻게 살았는지 생각해 봤다. 중간고사 때 기말고사 준비하지 않았는지… 정말 중요하고 필요한 거 빠뜨리고 살지 않았는지… 그렇지 않다면 왜 이 모양인지…

예전에 알던 어떤 여자분이 문득 이런 말씀을 하셨다. 자기는 학교 다닐 때 좋아하는 남자 선배와 함께 여자 선배도 꼭 있었다고! 아주 오랫동안 이게 무슨 말인지 몰랐다. 자유롭고 건전한 채팅방에서 어떤 분이 한 남자 아이돌이 좋다고 하기에 나도 좋아한다고 했다가 갑자기 쫓겨난 적이 있었다. 난 그저, 같은 남자로서 노래와 춤도 뛰어나고 연기도 잘해서 멋지다는 의미였다. 좋아한다는 말의 의미를 내가 잘 몰랐던 것 같다. 좀 우습지만 인정하는 게 좋겠다. 단어의 의미를 정확히 알아들어야 하고 나도 그렇게 사용해야 한다. 그래야 세상을 따라갈 수 있다.

오래전 개인 인터넷 방송에 1년 정도 푹 빠졌던 시절이 있었다. 매일 30분에서 1시간 정도는 봤던 것 같다. 그래도 풍선을 날린 적은 단 한 번도 없었다. 어느 날 새벽, 즐겨찾기에 있던 BJ가 드라마를 걸었다. 영자는 뭘 하는지 방폭을 하지 않았다. 딴 방 갈까 하다가 그 드라마 주연 여배우를 보며 '저분이 이반이라는 설이 있던데 진실이 뭘까요?' 이렇게 채팅창에 쳐봤다. 그렇게 던졌을 때 놀라운 이야기가 달리고 나중에 사실로 드러난 적이 있어 흥미롭게 기다려봤는데 그저 그런 이야기들이 따라왔다. 재미없어서 나가려던 찰나! BJ가 웃음기 쫙 빼고 만약 아무개가 이반이라면 본인이 힘든 길을 가겠다고 해서 당황했다. 단순히 엄청난 팬이라는 뜻으로 이해할 수도 있겠지만 진정성이 있어 보였다. 그게 상황에 따라, 사람에 따라, 갈 수 있는 길이 아니지 않나? 커밍아웃? 솔직히 지금도 의문이다.

마지막으로 정리할 게 있어서 **동 갔었을 때, 내가 살았던 *동 꼭대기와 *동 꼭대기를 한 번씩 올라가 보고 파출소 쪽에서 **서적 있던 자리로 가는 길에 당당하게 팔짱을 끼고 지나가는 게이 커플과 마주쳤다. 그중 진한 화장을 한 분이 정확히 무슨 뜻인지 모르겠지만 내게 미소를 보냈다. 우리 어때? 나 예뻐? 이런 느낌인가? 너무 당혹스러워 나도 몰래 고개를 돌렸다. 성 소수자가 차별받거나 인권이 부정되는 것은 옳지 않다고 생각하지만, 현실에서 함께 살아가기가 쉬운 일은 아니다. 2018/03/12

서로 다름을 인정하고 조금씩 양보해야 함께 살 수 있다. 어떤 상황에서도 대화와 타협이 중단돼서는 안 된다. 누가 먼저랄 것도 없이 서로 끝없이 욕하고 비웃고 다투고 갈등하면서 함께 살 수 있을까? 설령 그럴 수 있다 해도 그건 사는 게 사는 게 아니다.

우측보행은 이제 완전히 자리 잡은 질서다. 하지만 아직도 이걸 우습게 생각하시는 분들이 있어 안타깝다. '사실 흉기 난동 같은 게 문제지 이런 게 중요한가?' 한강은 자전거 전용도로 때문에 산책로가 넓지 않다. 서로 방향이 다를 때 오른쪽으로 비켜주는 것이 원칙이다. 반대쪽에서 오시는 분들이 길을 완전히 다 차지하여 어디로 가야 할지 당황할 때 혀를 차는 분이 있었다. 짐작하건대, '뭐 대단한 일이라고 호들갑이냐?' 이러시는 것 같았다. 우측보행은 가장 기본적인 질서가 아닐까? 나들목 같은 데서 왼쪽으로 가시는 분들을 보면 대부분 길이 끝나고 좌회전을 하시는 분들이다. 그냥 자기만 편하면 되는 건가? 이건 어찌해야 할까? 지하철에서 보행 약자분들이 계단에서 손잡이를 잡고 좌측으로 이동하시는 때가 있다. 이게 전철을 탈 때 최단 거리면 이해 못 하는 바는 아니다. 하지만 반대쪽에서 많은 사람이 동시에 내려 겹치는 경우

아찔한 일이 벌어질 수도 있다. 괜한 염려일까?

지하철을 이용하다 보면 사람들끼리 조금씩 부대끼는 경우가 있다. 서로 처지가 다르겠지만 그래도 무언의 약속 같은 게 있는 법이다. 내리고 타야 하는데 그냥 막 밀고 들어오시는 분, 내릴 수 있게 좀 비켜주시면 좋은데 정 가운데 서 계신 분, 조금만 신경 쓰면 될 것 같은데 아쉽다. 이건 좀 애매하지 않을까 싶은 일이 있었다. 승객이 많은 상태에서 대부분 승객이 내리는 역에 도착했는데 내가 딱 중간에 서 있었다. 내렸다가 타기도 어렵고 앞으로 가기도 힘들었다. 가방을 메고 열리는 문의 반대 방향을 보고 있었기에 더욱 아리송했다. 순간적으로 앞으로 가기로 했는데 쉽지 않았다. 그러다가 이리저리 부딪쳤는데 한 분이 나를 보며 "좀 내렸다 타지!" 이러면서 화를 냈다. 억울하다는 생각이 들었지만 대꾸하지 않았다. 이래도 저래도 차선이었을 것이다. 한 사람만 탈수 있는 에스컬레이터, 안전을 위해 뛰거나 걷지 않는 게 필수지만 예전 출근 시간엔 다들 걸어 내려갔었다. 어느 날, 내 앞에 장애우가 타셨다. 7시 59분 차를 타야 지각을 하지 않는데 아슬아슬하게 차를 놓쳤다. 누굴 탓할까? 누구의 잘못도 아니다. 그냥 내가 타아 할 열차를 놓쳤을 뿐!

동네축구팀에 보면 혼자 공을 오래 끄는 분들이 꼭 있다. 그런 분들은 자신의 축구 실력이 여기서 최고라는 믿음이 있으신 거 같다. 사실 그 팀은 그 사람 때문에 망하고 있는 건데 본인만 모르고 있다. 내가 본 동네 축구선수 중에 최고는 ** 당구장 사장님! 새벽에 운동 나갔다가 활약하는 걸 봤는데 자기에게 오는 기회를 모두 골로 연결했다. 당구도 지는 걸 본 적이 없다. 그분이 날 맨 처음 봤을 때 ** 했냐고 했다. 그건 고등학교 때 어느 코치 선생님이 나에게 권한 운동이었다.

지나가다 어느 초등학교에 들어갔는데 마침 지역에 있는 조기축구회 모임끼리 시합이 있어 잠시 관전했다. 한 팀은 343, 상대 팀은 442! 이런 시스템이 동네 아마추어 경기에도 있었다. 343팀의 가운데 중앙수비수가 키 크고 덩치가 좋았다. 밋밋한 크로스를 헤더로 다 잘라냈다. 하지만 중원에서 한 선수가 패스 안 하고 혼자 계속 드리블했다. 아마 이 팀에서 리더임이 분명했다. 공간이 열렸을 때 더 좋은 위치에 있는 동료에게 내주면 좋을 거 같은데 그러지 않아 답답했다. 반면 442팀은 상대 슛 기회에서 골키퍼가 달려 나와 각을 좁혀 막고, 공격 가담한 측면 수비수 빈 자리에 수비형 미드필더가 백업하는 플레이까지 선보였다. 계속 크로스가 막히자 드디어 한 선수가 깊숙이 측면을 돌파해 수비진용과 골키퍼 사이로 공을 깔아줬는데, 가운데를 통과하자 반대편에서 뛰어들던 선수가 각이 없었는데도 마치 프로처럼 깨끗하게 마무리했다. 엘리트 선수들이 아니라 동네 아저씨들 경기인데 전술이 보였다. 정말 놀라웠다.

어느 월요일, 흔들리는 버스 안에서 어떤 여자분이 비틀거리다가 핸

드백이 단말기에 닿으며 또 다른 교통카드가 찍혔다. 정말 안타까웠다. 이런 건 정말 단순히 요금의 문제가 아니다. 난 정말 몇 배는 바보 같은 일이 있었다. 양손에 카드를 쥐고 한 카드로 탄 다음, 앉아서 한참 딴생각하다가 급하게 내리며 다른 손으로 쥐고 있던 카드를 찍고 내렸다. 얼마나 어이없던지 이루 말로 할 수 없었다. 지금도 매우 분하다.

목욕탕 옷장 있는 곳의 가운데 평상에서 다섯 살쯤 되어 보이는 아이와 아버지가 대화를 나누는 것을 듣게 되었다. "우리 아들 오늘 생일인데 햄버거랑 장난감 둘 중의 하나만 하면 안 될까?" 그러자 아이가 "왜? 돈 없어서?" 몹시 당황한 아저씨가 주위를 둘러봤다. 난 고개를 돌리며 못 들은 척했다. 그 후 사우나에 두 사람과 같이 앉았는데 아들이 "학원 끊고 혼자 공부해도 괜찮아, 잘 할 수 있어, 아빠!" 그런 말을 하기에, 난 일부러 아버지 얼굴을 보지 않았다. 뭔가 먹먹한 하루였다.

어느 찜질방 옷장에서 초등학생으로 보이는 한 무리의 친구들이 웅성거렸다. 그중 한 녀석이 전화를 받으면서, **공원이라고 자연스럽게 거짓말을 해서 홀로 웃었다. 그렇게 통화가 끝나고 녀석들이 자신들의 아빠에 관해 말씀을 나누셨다. "우리 아빠는 술 먹고 와서 나 껴안아!" 그러니까, 다른 녀석이 "울 아빠도 그래, 근데 완전 짠돌이야!" 녀석들이 모두 가고 난 잠시 생각에 잠겼다. 세상에 쉬운 일은 없다.

유명한 선생님 두 분과 인사한 적이 있었다. 첫 번째 선생님의 책이

인기도서가 되어 서울의 한 대형서점에서 작가와의 대화 같은 이벤트를 마련했다. 선생님을 지방에서 모셔 왔는데 참석인원이 너무 적었다. 그나마 한 분이 질문이랍시고 하신다는 말씀이 "인생을 더 살아봐야 제대로 된 글을 쓸 수 있다"라고 하셔서 적잖이 당혹스러웠다. 하지만 선생님께서 침착하게 "아, 예…" 이렇게 대답하시며 슬기롭게 대응하시어 안도하였다. 두 번째 선생님과는 여러 사람이 함께 카페에 갔는데 굳이 거기서 본인이 노래하시겠다고 하셨다. 동행한 사람 중에서 선임이 아무개 선생님인데 노래 한가락 할 수 있겠냐고 카운터에 부탁해 성사되었다. 그곳은 여러 사람이 들러 각자의 시간을 갖는 곳인데, 왜 거기서 선생님이 노래하고 싶으신지 이해하기 힘들었다. 먼 훗날 시간이 흘러 두 분 선생님이 다른 이슈로 뉴스에 나오셨는데 이분들과 스친 나의 경험과 통하는 뭔가가 있었다.

같은 반 친구가 디스크 있는 거 알면서 싸울 때 일부러 허리 때리는 것을 본 적이 있었다. 그것도 아주 매우 강하게! 맞은 친구는 고통에 치를 떨었다. 그리고 먼 훗날 그 녀석이 말도 안 되는 이상한 '증' 하나를 들고 다니며 애먼 짓을 하고 다닌다는 말을 들었다. 그 순간 내가 본 충격적인 장면이 저절로 떠올랐다.

관계의 실패로 가는 지름길은 있는 그대로 보지 못하는 것이다. 더 나쁜 것은 봤더라도 인정하지 않는 것이고 최악은 사실을 보고도 그럴 리 없다고 끝까지 우기는 것이다. 이른바 임의 설정! 술친구 얼마나 좋은 가? 술친구를 술친구라고 하면 어떤 문제도 없다. 하지만 사실과 다른 의미를 부여하면 오류가 생긴다. 같이 술 마시면서 사는 얘기 하는 것처럼 좋은 게 없다. 추억을 공유하는 사람들과 만나서 웃고 떠들며 옛날얘기 하는 건 정말 행복한 일이다. 그 자체로 의미 있는 것을 내 마음 대로 바꾸는 것은 어리석은 짓이다. 꼭 이래야 하는 것으로 만들면 파탄에 이른다. 만날 때마다 술만 마신다면 그건 그냥 친구가 아니라 술친구다. 기준을 벗어나는 행동을 해도 '우린 친구야, 괜찮아, 그럴 수도 있지, 뭐…' 그런 느낌 자체가 술기운에서 나온 거다. 그런데 그것도 다 '어느 정도'다. 공감했던 건 오직 술! 새벽까지 함께 마신 모든 술잔이 무의미한 건 아니다. 음주 파트너가 술에 취하지 않았을 때 어떤 사람인지 모른다면 안타까운 일이다. 술친구가 친구로 될 수도 있다. 함께 술 먹지 않아도 할 수 있는 말이 있고 공감할 수 있는 뭔가가 있다면 그 누구보다 돈독한 관계가 될 수도 있다. 일종의 친구 플러스?

아무리 공이 많아도 너무 티 내면 다 묻힌다. 어찌하면 진정성이 있는 걸까? 이런 말이 어떨까? "소망하시는 일 이루시길 바랍니다." (진심으로)

살다 보면 지푸라기라도 잡고 싶을 만큼 긴박한 순간이 한 번쯤 생긴다. 그럴 때 누군가 잘난 척하는 말에 속아, 전화하거나 찾아가면 평생 책잡힐 수 있다. 더 심각한 건 나중에 문제가 되는 경우다. 최악의 순간일수록 공적인 방법을 찾아야 한다. 가느다란 거 잡아봐야 곧 떠내려간다.

어떻게 저럴 수 있을까? 저건 불의다. 부당하다. 일단 그렇게 판단이 서면 막 들이대고 그랬었다. 시간이 많이 흐르고 다시 생각해보니 그분들도 다 입장이 있었다. 다 살려고 하는 거고 자기 것을 지키려는 것이다. 자기만의 방식이 있다는 사실은 인정할 수 있다. 함께 갈 순 없지만 그런 방식으로 살아가는 건 자유다. 그런데 이게 상식적으로 이해할 수 있는 범위를 넘어서면 물론 받아들일 수 없다. 법을 어겼다면 관련 기관이 알아서 하는 거다.

관심을 두고 지켜보던 분이 있었다. 당연히 경쟁률은 아주 치열했다. 대기표를 뽑지 않자 가혹한 처분이 빠르게 내려졌다. 불만은 없었지만 조금 놀라긴 했다. 그러던 어느 날 드디어 그분이 마음을 정했다. 아무나 볼 수 있는 사이트 댓글에 자신감 넘치는 코멘트를 하셨다. 난 그 말씀 자체에 충격을 받았다. '나랑 기본적인 마인드가 다르구나!' 긴 시간이 흐른 뒤 우연히 그분의 블로그를 볼 기회가 있었는데 그때 판단이 틀리지 않았음을 알 수 있었다.

사회관계망 서비스에서 다양한 사람들을 보게 된다. 여러 단계를 거친 사진에 속으면 안 된다. 일정 기간 스토리를 계속 보면 삶의 지향점과 성격을 어느 정도 알 수 있다. 그분은 그런 걸 의도하지 않았겠지만, 저절로 드러나는 것이다. 블로그도 그렇긴 하지만 뛰어난 문장력과 치밀한 구성에 속아 진심을 놓칠 수도 있다. 재야에 고수들이 넘쳐 난다.

정말 친하다고 생각해서 한, 둘만의 대화를 다른 사람에게 듣게 될 때 배신감을 느낄 수 있다. 하지만 그 말을 최초로 한 사람은 바로 자기 자신이다. 사람을 잘못 본 것 보다 그 점이 훨씬 중요하다. 그런데 거기에도 급이 있다. 명확하게 사실만을 전달했다면 그냥 참새 주둥이! 절대 악인은 아니다. 하지만 때에 따라 이게 훨씬 나쁜 결과를 가져올 수도 있다. 좀 과장해서 여기저기 떠들고 다니는 분들은 이런저런 소문 내는 것 자체를 즐기는 분들이다. 이런 분들에게 매우 개인적인 중요한 정보를 말한다면 함께 나쁜 짓을 하는 것이나 다름없다. 완전히 왜곡해서 말씀하고 다니시는 분들은 친구로 위장한 적!

누구에게나 관계는 정말 중요한 것이다. 저 사람은 정말 정확한 사람! 똑똑한 사람! 된 사람! 예의 바른 사람! 겸손한 사람! 많은 사람에게 그런 말을 듣는다고 반드시 관계가 무난한 것은 아니다. 인기가 많으면 안티도 많은 법이다.

가장 어렵고 힘들 때 경이롭고 환상적인 분들과 마주친다. 후미진 곳에 가게 되니까 당연히 상태가 나와 비슷하거나 더 안 좋은 분들과 마주치게 되는 것이다. 방법은 세 가지! 맞서거나, 비키거나, 씩 웃고 말거나! 뭐가 가장 좋을까? 내 삶에 가장 유익한 거로 택하면 되지 않을까? 악연도 인연이다. 그 어떤 연도 원하지 않는다면 비켜야 한다. 같은 업계라 계속 봐야 한다면 지더라도 강한 반격이 필요하다. 그래야 마지막에 이길 수 있다.

어떤 방향성이 정해지면 거기서 벗어나는 게 정말 어렵다. 그래도 한 번 시도해 본다면, 우선 주둥이를 닥쳐야 한다. 그다음 내 주변에 모인 나만큼 힘든 상황에 있는 사람들과 잦은 교류를 중단하는 게 좋다. 만나면 만날수록 서로를 더욱 최악으로 끌고 가게 돼 있다. 내가 잘되기 위해 털어내는 게 아니다. 참으로 안타깝지만, 모두를 위해 어떻게라도 풀어나가고 싶다면 그러는 게 좋다. 화려한 인맥을 위해 여기저기 안부 전화? 참으로 부질없는 짓거리다. 내가 무슨 일이라도 하면 그 분야에 사람들과 저절로 관계를 맺게 된다. 비로소 내가 원래 있어야 할 곳으로 가게 되는 것이다.

세 번째 만나면 사귀자고 말하려 했었다. 그 직전 어찌 알았는지 전 남자친구가 날 찾아와 무슨 말을 건넸다. 만약 사귄 다음 또는 훨씬 더 나아가 그 말을 들었다면 어찌해야 했을까? 진도 나가지 못한 여러 경우 중 가장 극적이었다. 그런데 지금은 그때 들은 말이 기억나지 않는다. 아무것도 아닌 것에 흔들린 걸까? 이마저 지워졌으면 좋겠다.

함께 식사할 때 정말 예의 바르고 참한 이미지였다. 끝나고 그분이 원하는 자리에 내려 드리고 룸미러로 뒤를 보다가 내 차를 향해 욕을 하고 혀를 차는 것을 보았다. '도대체 내가 뭘 잘못한 걸까?' 어느 부분에서 마음이 상한 건지 짐작조차 할 수 없었다. 코너를 돌아 잠시 정차해서 크게 심호흡을 한 번 했다. '빨리 발견해서 다행인가?' 씩 웃으며 다시 출발했다. 당혹스러움이 너무 빠르게 날아가 오히려 당황했다.

자기가 필요할 땐 온갖 아양을 떨고 비굴한 미소를 날린다. 그러다 일이 끝나자마자 갑자기 인상을 쓰고 막말을 쏟아낸다. 다시는 볼 일 없을 거라 너무 쉽게 단정하는 분이다. 은혜를 원수로 갚는 유형 중의 제일 하급이다. 명백한 사실이 드러나도 일단 우기고 본다. 머리는 나쁜데 고집 세고 성질은 더럽다. 매우 흥미롭다.

여기저기 거짓말하고 다녀도 절대 안 들킬 거로 생각하는 분들이 있다. 하지만 어딘 가엔 그분들의 적도 있다. 아주 많이!

한두 번은 누구나 실수할 수 있다. 그 이상은 아니다. 오래 두고 볼 일이 아니다. 함께 가기 위해 양보할 수도 있고 일부러 져줄 수도 있다. 하지만 대부분은 그럴 필요가 없다. 뭔가 거듭되고 계속 거슬린다면 풀어야 한다. 푼다고 풀었는데 계속 불편하다면 풀린 게 아니다. 아직도 마음에 담아둔 게 있는 거다. 그런 경우 대부분 같이 갈 이유도 없고 그럴 수도 없는 경우다. 맞는 사람들은 문제가 있어도 정말 쉽게 풀린다. 늘 만날 수 있는 접점이 있다. 서로 같이 갈 마음이 있다면 어떤 고난도 함께 극복할 수 있다.

생각해서 홍보용 물품으로 나온 걸 좀 챙겨줬었는데 나중에 그걸 내가 빼돌렸다고 말씀하는 분을 봤다. 기본적인 인성을 갖춘 사람에게 홍보해야 매출도 오른다.

'전생에 죄가 하늘을 찔러 놀라운 분들과 마주친다.' 늘 그렇게 자책하면서 살았다. 하지만 어느 날 문득 '난 그들에게 얼마나 절실하고 진심이었나?' 그런 의문이 들었다.

중학교 졸업 후 수십 년이 흘러 한 동창과 길거리에서 마주쳤다. 어제도 본 것처럼 가볍게 인사를 나누고 내일 다시 만날 것처럼 웃으며 악수를 했다. 먼저 자기 이름을 말해줬었는데 난 그 친구 이름을 기억하고 있었다. 그리고 다시 수십 년이 흘렀다.

어느 예능의 진행자가 중견 개그맨 출연자 두 분께 후배들에게 해주고 싶은 말씀이 있다면? 이렇게 물었다. 한 분은 "포기하지 않고 열심히 하다 보면 기회가 온다."라고 말했고, 또 다른 분은 "안 되는 놈은 안 돼, 시간 낭비하지 말고 다른 길 찾아!"라며 톤을 높였다. 완전히 상반된 말이지만 사실 둘 다 맞는 말이다. 어떻게 할지는 본인의 선택이다. 그래도 체념이나 포기보다는 멋지게 휘둘러보는 게 낫지 않을까?

날이 좋던 어느 봄날, 산 중턱 월식 집에서 밥을 먹는데 일면식도 없는 어떤 분이 내게 밥통을 건네며 반말로 "어이, 이거 거기다 놓아라." 이렇게 말씀하셨다. 기가 막혔지만, 미소를 지으며 지시하시는 대로 해 드렸다. 식사 끝나고 내가 가는 길과 그분 일행들의 방향이 같았나 보다. 그런데 대로변에서 한 지인분을 마주쳤는데 평소와 달리 날 막 안아주면서 지나치게 반가워하셨다. 나에게 명령하셨던 분이 그 지인분께 인사를 드리려 거의 부동자세로 대기했다. 나와 눈이 마주쳤는데 붉어진 얼굴에는 미안함과 당황이 가득했다. '내가 동안인가?' 그렇게 웃어넘겼다.

분식집에서 라면과 김밥을 먹고 있었다. 예쁘게 생기신 여자분이 들어와 제일 비싸고 메뉴명이 복잡한 김밥을 주문했는데 사장님이 다른 거로 갖다 드렸다. "나, 이거 아니고 다른 거 시켰어요." 하니까 사장님이 "아, 죄송합니다." 그런 뒤 다시 갖고 가셨다. 그러고서 얼마 후 다른 손님이 와서 기본 김밥을 주문했는데 사장님이 "이거 방금 잘못 나와서 그런데 기본값에 드리겠다"라고 하니까 매우 좋아하셨다. 사장님은 실수를 만회해 손해를 줄였고, 누구는 원래 주문한 걸 먹었고, 또 다른 자는 얼렁뚱땅 싼값에 비싼 거 먹었고, 난 그 장면 보고 씩 웃었다. 모든 게 해결됐고 모두가 만족했다.

이승에서는 그냥 이승 물건만 팔면 어떨까 싶다. 면허도 없이 원래 팔 수 없는 걸 팔면 좀 아니지 않나? 불편을 주고 민폐를 끼치면서 은혜를

베푸는 듯, 악랄하게 끝없이 이용하면서 마치 엄청난 걸 해주는 듯, 남 깎아내리고 비웃고 손가락질하고, 혀 차고 킥킥대고, 모함하고 트집 잡고, 끝없이 자기 얘기 하면서 결정적인 가르침을 주는 듯, 도대체 부끄러운 줄 모르는 파렴치의 극치… 나쁜 건 모두 묶어보았다. 실제로 이런 분들과 마주치는 건 오히려 쉽지 않다.

자기 잇속 챙기면서 위해주는 척, 아껴주는 척, 걱정해주는 척… 그런 거짓은 정말 나쁘다. 순수하게 잇속 챙기는 게 나쁜가? (법과 질서를 지키면서) 패만 맞으면 무엇도 할 수 있다. 예의 바른 진짜 장사꾼! 하지만 어딘가엔 그렇지 않은 자들도 있다.

나라가 어찌 되든 백성이 어떻게 되든 상관없다. 역사와 민족 앞에 두려운 게 없다. 그냥 '나만 해 먹으면 돼!' 그런 마인드? 언제나 상황에 맞춰 이기는 쪽에 베팅하는 사람들! 그게 나쁜가? 단, 때에 맞춰 살더라도 넘을 수 없는 레드라인이 있다. 그 라인이 명확하지 않고 사람마다 긋기 기준이 다르다는 건 함정! 공정과 정의는 현실에선 존재하지 않는다. 권력과 자본이 균등하게 배분될 수 없는데 어떻게 그런 게 있을 수 있나? 그냥 이론적으로 존재하는 개념! 그런 말에 속는 건 슬픈 일이다. 하지만 비슷한 거라도 보고 싶은 노력이 무의미하다고 생각하지 않는다. 바로잡아야 할 게 있고 그럴 수 있다면, 그냥 지나치지 않고 그리하는 게 좋겠다. 하지만 그런 길로 들어서면 불이익이 따르고 귀찮아진다. 의무가 아니라면 방관했다고 비판할 일은 아니다. 힘들게 바로잡아 봐야 곧 다시 휘어진다. 그래도 누군가는 도전할 것이다. 그 사람들은 바로 경세가 지망생들!

어느 날 동네 아저씨들과 대화 중에 어떤 분이 우리나라가 미국의 주가 됐으면 좋겠다고 하셨다. 너무 충격을 받아 아무 말도 못 하던 중 다른 분이 "야!" 이렇게 소리를 지르시기에 야단치는 줄 알고 미소 지었다. 그런데 다음 말은 "미국이 그렇게 해주냐?" 그 말을 듣고 순간 숨이 막혔다. 그 아저씨들은 아직 민족을 배신할 기회를 얻지 못했고 난 공헌할 기회를 얻지 못했다. 우리 모두 그저 그런 동네 아저씨들인 게 얼마나 다행인가? '나라와 백성은 상관없다. 그저 나만 해 먹으면 돼!' 이런 이완용의 방식은 그저 때에 맞춰 산 게 아니다. 민족을 배신하고 역사에 크나큰 죄를 짓는 것이다. 그러나 역사와 민족 앞에 사죄할 일을 만드는 자들, 어찌 보면 능력자다. 아무나 나라와 백성을 팔아먹을 수 있겠나?

도서관 화장실에서 열심히 손을 닦고 드라이로 말리는 분이 있었다. 정말 오래오래. 나름 나도 결벽증 환자 소리를 듣는 편인데 내가 놀랄 정도다. 그런데 정말 이해하기 힘든 마지막 루틴은 바지 엉덩이에 손을 문지르는 것! 도대체 왜?

'냉장고에 언제 뭐가 얼마만큼 들어왔고 언제까지 소비할 예정이다.' 이 정도 계획은 있어야 한다. 그렇지 않으면 오래될수록 안으로 밀려

들어간 정체불명의 검은 비닐은 뭐가 들었는지 잊힌 채 운명을 다한다. 결국, 거대한 쓰레기통으로 변신한 냉장고는 색다른 향취를 선사한다. 이런 말을 하면 결벽증 환자인가? 자잘한 일에 신경 쓰는 좀생이인가?

'성격에 살짝 스크래치는 있지만 나쁜 사람은 아니야!' 그랬었는데 어느 날 화들짝 놀랄 정도의 일을 꾸미는 것을 본 적이 있다. '다른 사람은 다 알았었는데 나만 몰랐나? 징후를 보고도 애써 모른 척했었던 걸까? 왜? 아끼는 마음이 있어서? 여러 가지로 딱해서?' 뭐 기타 등등! 전혀 의외의 인물이 갑자기 일내는 경우 역시 그 사람을 정확히 몰랐던 거다. 진행되는 상황을 늦게 파악하는 것처럼 바보 같은 게 없다. 늘 뭔가 계속되고 있다. 그나저나 난 좋은 사람인가?

어디 가든 근거 없이 어깨에 힘들어 간 사람들이 있다. 늘 붕 떠서 무슨 벼슬이라도 하는 듯… 첨엔 '참 이상해! 왜 저러실까?' 그러다가 나중에 알게 되는 사실은 대개 비슷하다. 그 사람들이 일하는 곳에 소유주나 고위책임자와 사적으로 특별한 관계가 있는 경우! 안타깝고 가련하다. 그러다 사고 치면 최고의 한 건?

중학교 3학년 때 우리 집에 전화하던 여자애 중에 당시 내 친구들과 놀지 말라고 하던 아이가 있었다. 내가 너무 안타깝다고… 당시 난 그 아이가 정말 나쁘다고 생각했었다. 하지만 훗날 보니까 그 소녀는 내가 서른이 넘어 알게 된 것들을 그때 이미 알고 있었다. 그러나 '나쁜 친구'

그런 건 없다. 상태가 좋지 않을 때, 혼란스러울 때, 귀신이 눈을 가릴 때 그런 시기를 지나는 자들끼리 만나게 되어있다. 서로 간에 바람직하지 않은 자들이 옆에 꼬이는 것이다. 특별히 누구의 잘못도 아니다. 그래서 친구를 보면 그 사람을 알 수 있다고 하는 것이다. 지금 내 주변을 객관적으로 살펴보면 나의 현재 상태를 알 수 있다. 아주 가느다란 緣이 모든 걸 바꿀 수도 있다.

갈림길에 서게 되면 누가 어떤 사람인지 알 수 있다. 해석의 차이가 아니라 사실에 관해 다르다면 둘 중 하나는 거짓일 것이다. 그럴 때는 책임을 물어야 할 수도 있다. 서로 욕하고 그냥 지나가면 아무 일도 없다. 한쪽이라도 돌아서서 "뭐 인마?" 한 뒤 다른 쪽이 받으면 그때부터 싸움이 된다. 싸워야 한다면 그래야겠지만 남는 건 없다. 잘못을 바로잡는다고 바로 서지 않는다. 정의롭고 공평해지지도 않는다. 옳은 쪽이 항상 이기지도 않는다. 졌다고 후진 건 아니다. 이 세상 모든 것을 판단하러 온 사람처럼 혀를 놀리면 안 된다. 그러다 한 대 처맞는다. 설령 그렇지 않더라도 반드시 대가를 치른다. 그게 혹시 나?

건강검진에서 키를 재는데 간호사님께 한 번 다시 해보자고 했다. 의사 선생님이 키를 어떻게 재냐에 따라, 또 기계에 따라 달라질 수 있다고 하셔서 허리를 더 펴볼 생각이었다. 그 키에 영향을 받아 BMI도 변한다. 여하튼 두 번째 쟀을 때 0.2cm가 더 나왔다. 그러니까 "뒷발 들었죠?" 하면서 간호사님이 내게 호통을 쳤다. 심하게 대응하면 '열등감이 심하군' 속으로 이렇게 생각할 것 같아 그냥 아니라고 하고 말았다. 난 그저 정확한 결괏값을 알고 싶었을 뿐 다른 건 없었다.

예전에 알던 사장님 중에 정말 예쁜 부인과 귀여운 자녀를 둔 분이 있었다. 그런데 이분이 아내와 완전히 반대되는 분과 바람이 났다. 그 후 새로 만난 분과 사업적으로나 사회적으로 별로 옳다고 할 수 없는 일을 하셨다. 그리고, 얼마 후 갑자기 돌아가셨다는 소식을 들었다. 고속도로에서 교통사고를 당해도 살아남으셨고 수많은 경영 위기마저 극복했던 분이었는데… 인과응보? 그런 걸 말하고자 하는 게 아니다. 참으로 알 수 없는 뭔가가 있다.

****/10/13 **경찰서 민원실에 출석해서 나를 소환한 교통사고 조사계 담당자를 만났다. ****/10/10 위반한 사실이 없고 스티커를 발부받은 적이 없다고 말했다. 보여준 서명이 내가 사용하는 것과 달랐다. 그 부분을 강조해서 말했다. 짐작건대 누군가 면허증을 갖고 나오지 않았다며 내 주민등록번호를 대고 딱지를 끊은 것 같다. 이건 그냥 감이지만 누군지 알 것 같다. 내 주민등록번호를 알고 있으면서 그런 방식으로 사는 녀석!

끝없이 이거저거 따지거나 지나치게 신중하면 결국 아무 일도 진행할 수 없다. '적당'한 게 제일 좋은데 그게 참 쉽지 않다. 그것에 관해 견해가 갈릴 때 갈등이 생기는 법이다. 미궁으로 간 게 '적당'이 아닌 상황도 있다. 예능이 다큐멘터리 톤이 되면 채널이 돌아가는 법이다. 그냥 웃자고 한 얘기인데 상대방이 죽자고 덤비면 황당하다. 그럴 땐 별생각이 다 스친다. 말에 자막을 입혀야 하나? 이모티콘을 남발해야 하나? 그러나 그런 경우 대개는 함께 웃고 싶지 않은 다른 이유가 있다. 그걸 치유하지 않는다면 그 어떤 예쁜 짓도 헛튼짓이 된다. 그중에 제일 센 건 신뢰의 붕괴다. 이미 무너진 걸 다시 쌓아봤자 헛일이다. 그에 못지않은 게 질투란 녀석이다. 누군가의 마음이나 관심의 방향을 제삼자가 교란할 순 없다. 어쩔 수 없으니 놔둘 수밖에… 아리송하고 교활함이 심할수록 빨리 털어야 한다.

20대 때 세 번 만난 친구가 있었다. 그중 두 번은 내 안경이 박살 났다. 옛날 안경들은 떨어뜨리면 쉽게 망가졌었다. 싸운 게 아니라 취기가 오른 녀석이 내 뒤통수를 쳐서 그리됐다. 다신 안 본다고 했었는데 어쩌다 10년 만에 다시 만나게 됐다. 이번엔 헤드록! 사람은 절대 변하지 않는다.

어느 날, 어떤 분이 특정 업종에 매장을 사겠다고 집을 나섰다. 복덕방 사장님이 지금은 그쪽 매물이 없다며 다른 업종을 권하자 대뜸 그 가게를 샀다. 그리고 얼마 후 모든 것을 날리고 빈 몸으로 나왔다. 중대한 결정을 즉흥적으로 진행하는 것은 매우 위험한 선택이다. 가볍게라도 시장조사는 필수다.

보안 쪽 일하시는 분 중에 극히 일부겠지만 방문객 차를 보고 막 대하시는 분들이 있다. 다짜고짜 반말로 "어떻게 왔어?" 그럴 때 "회장님 뵈러 왔는데요." 그러면 얼굴 벌게지시며 갑자기 허리를 숙이신다. 그러지 말고 그냥 변함없는 자신의 호흡으로 일하면 좋지 않을까?

술 마시면 꼭 울던 아이가 있었다. 옛날엔 그저 감정이 풍부한가보다 그랬었다. 술 먹으면 꼭 싸우는 아이가 있었다. 싸우고 푼다고 또 마시고… 그리고 또 싸우고… 매일 술 마시면서 심지어 1교시도 빼고 마시고… 둘 다 끝이 좋지 않았다. 심각한 상태에 있을 때는 전문가의 치료를 받아야 한다. 지금 어떤 상태인지 냉정히 봐야 한다. 술을 계속 마시다가 안 마시면 오히려 힘들다. 항상 술기운으로 살다가 금주하면 비로소 몸이 안 좋다는 것을 알게 되는 것이다. 그 상황에서 어찌할 것인지는 본인의 선택이다.

제로 알코올을 궁극의 목표로 하더라도 우선 적절한 위드 알코올이 선행돼야 한다. 그에 관한 개인적인 경험을 적어보고자 한다. 알코올클리닉에 가본 적이 없어서 그곳에서 알코올 중독을 어떻게 치료하는지 전혀 알지 못한다. 만약 둘이 상충한다면 전문가의 견해가 우선할 것이다. 그나저나 술이 1급 발암물질이라니… 받아들이기 힘들다. 하지만 과학적으로 그렇다니 인정할 수밖에 없다. 그런 냉혹한 사실을 알고도 밤새도록 술 마시다 출근하거나 등교하는 경우가 생긴다. 젊었을 때는 샤워하고 옷만 갈아입고 나가도 감쪽같다. 하지만 점점 그 자체가 불가능하거나 매우 위험해진다. 4주 정도를 연속해서 마시면 양과 관계없이 몸에 문제가 생긴다. 건강위기를 극복하기 위해선 우선 자신만의 원칙을 만드는 것이 필요하다. 특별한 건 아니고 예를 들어 '월·화·수는 절대 마시지 않는다!' 이런 문장 하나 정도면 충분하다. 이게 실행되었다면 목·금·토·일은 평소보다 많이 마셔도 좋다. 시작 요일은 상관없지만, 반드시 삼일 이상 연속해서 마시지 않아야 한다. 날을 잡아 바로 '오늘'부터 술을 마시지 않는 시작점을 만든다. 너무 참기 힘들면 탄산음료를 마셔도 좋고 매실 원액 같은 것을 견딜 수 있을 때까지 입에 물고 있어도 도움이 된다. 시간이 나는 대로 명상과 복식호흡을 하고 산책이나 운동을 평소보다 강하게 하면 나아진다. 속이 개운하지 않거나 왠지 불안하고 좀처럼 잠을 이루지 못할 수도 있는데 그 순간 한 모금 마시면 말짱 도루묵이 된다. 고통스러운 찰나 '오늘 완전히 밤새고 아침에 그대로 나간다.' 그리 마음먹으면 오히려 잠깐이라도 자게 된다. 하루를 무사히 통과하면 살짝 희망이 생긴다. 여세를 몰아 기어이 첫 삼일 금주를 달성한다면 한고비 넘긴 게 분명하다. 나흘을 보상받고 다시 월요일이 됐을 때가 제일 중요하다. 그 순간 '하루만 더 마실까?' 그런 간절한 마음을 실천으로 옮기면 모든 게 물거품이 된다. 잘 견뎌 패턴이 몇 주 쌓이면 목표했던 루틴이 생성된다. 더는 월요일이 두렵지 않고 부담

되지도 않는다. 그즈음에 목요일 또는 일요일을 마시지 않는 날에 추가하여 전세를 역전시켜본다. 여기서 다른 별칙이 필요하다. 참석 필수의 오찬 행사가 있고 거기서 건배라도 해야 한다면 모르겠지만 특별한 일이 없는 한 절대 낮술은 피해야 한다. 마시는 날이라도 이른 시간에 음주를 시작하는 것은 금물이다. 사람마다 처한 상황이 다르겠지만 해가 질 무렵 또는 업무가 끝난 이후 그러니까 대략 16~18시에 시작해서 가능하면 20~22시 정도에는 끝내는 것이 좋다. 그러면 저절로 많이 마실 수 없게 된다. 그러다 문득 일주일을 온전히 금주하게 되는 날이 올 수도 있다. 누적 눈금이 3주를 지날 무렵엔 몸의 변화를 체감한다. 시간이 흘러 3개월 라인을 통과하는 기적과 만날 수만 있다면 양질의 안주를 접해도 술 생각이 나지 않아 스스로 놀라게 된다. 심지어는 해장국을 먹으면서도 반주 한 잔조차 마시지 않을 수도 있다. 드디어 음식의 원래 맛과 향을 느낄 수 있는 신비로운 체험을 하게 되는 것이다. 천신만고 끝에 어찌어찌 1년을 채우면 '술이 뭐야?' 이렇게 된다. 근데 사는 게 뭔지, 살다 보면 위풍당당한 술꾼으로 다시 복귀하는 일이 반드시 생긴다. 전혀 뜻하지 않았던 일, 피치 못할 업무, 계획에 없었던 사건, 계산과 달리 전개되는 과정, 불현듯 스치는 영감, 스스로 자신에게 묻는 말… 무엇보다 가장 무서운 건 마지막 예시다. '무슨 부귀영화를 보겠다고 이러고 사나?' 하지만 어떤 일이 있어도 다시 일어설 수 없을 만큼 흔들려선 안 된다. 잠시 길을 잃을지언정 정신 줄을 놓으면 안 된다. 당황하지 말고 조금 쉬었다가 맨 처음부터 다시 시작하면 된다. 세상에 안 되는 일은 없다.

자기 외모와 몸매를 무시하고 나이마저 건너뛴 패션! 그렇게 자신을 표현하는 거라면 자유지만 마주치는 사람은 당혹스러운 게 사실이다.

계속 주인이 바뀌는 치킨집이 있었다. 쿠폰 두 개를 모으면 바뀌고 또 바뀌고… 어느 날 저녁, 그 가게 앞을 지나는데 동네 아저씨들이 거기 다 모여 있었다. 뭘까? 배달 위주에서 홀 위주로 콘셉트를 바꾼 건 알겠는데 저리 인기 절정? 그 가게는 당시 내 최적 이동 경로에 있었기에 자주 지나다닐 수밖에 없었다. 어느 날 좀 이른 시간에 그 앞을 지나다 출근하는 사장님과 마주치고 모든 의문이 풀렸다. 단순히 미인이 아니라 빛이 나는 것 같았다. 안주 맛이 어떤지는 모른다. 들어가 본 적이 없어서! 거의 2년 정도 호황을 누리셨던 것 같다. 그 후 다른 분이 메뉴를 바꿔 들어오셨다.

특히 여름에 토익을 보러 가면 가볍고 시원한 의상과 마주치게 된다. 어떤 분이 엉겨 붙은 화장에 밤새 클럽에 있으셨던 게 거의 확실한 모습으로 오셨는데 나랑 눈이 마주쳤다. 서로 피식 웃었는데 아마 둘 다 지금 어떤 상황인지 잘 알기 때문이 아닐까 싶었다. 밤새워 놀았지만 안 오긴 뭐하고… 복장은 좀 그렇지만 체력은 넘치고… 내 앞에 앉으셔서 문제 푸는 기술을 짐작할 수 있었는데 분명 그런 상태로 쳐도 가볍게

900은 넘기실 분이었다. 자다 깨서 그 복장 그대로 오시는 분도 있다. 완전 민낯에 뿔테 안경! 그런데도 뇌쇄적 요염을 넘어 후광이 비치는… 그런 분은 틀림없이 하늘이 냈을 것이다.

'인류역사상 가장 아름다운 소녀'와 마주친 적이 있었다. 미모에 너무 감명을 받아 자연스레 나오는 수사이지 결코 억지로 갖다 붙이는 말이 아니다. 감탄사와 평가는 엄연히 다른 단어다. 단둘이 사적으로 만날 수 있다면 진지하게 사실대로 말씀드릴 수도 있다. 그런데 이런 분들이 자꾸만 늘어난다. 그러니까 그런 분 중에 한 분이라고 하는 게 정확할 것이다. 하지만 어딘가 모르게 조금씩 닮은 것 같다. 뭔가를 나쁘다고 말하는 게 아니다. 그러나 아주 조금씩 조금씩, 있는 그대로의 소박함이 더 빛이 나도록 바뀌고 있는 건 사실이다. 아무리 그렇더라도, 그 어떤 일이 있어도 맨 처음 그 소녀에 대한 진심은 변하지 않는다. 다시 마주칠 수 있기를 빌며…

**역 1번 출구 앞 건널목에 서 있었다. 그때 어린 여자아이 손을 잡은 아줌마가 내 옆으로 왔는데 눈이 마주쳐 그냥 가볍게 서로 미소를 보냈다. 그런데 이분이 집에서나 입는 아주 짧고 얇은 원피스를 입고 있어서 눈을 어디에 둘지 몰라 당황하며 티 나지 않게 약간 거리를 두었다. 그 순간 아이가 내 앞에서 엄마 옷을 잡아 올리는 바람에 1초 정도 안을 볼 수밖에 없었다. 터져 나오는 웃음을 참느라 힘들었다. 넘치는 자신감이 부른 참사?

평일 오전, 온갖 상념을 안고 한강 산책로를 걷고 있었다. 그런데 수영장 쪽에서 여자분들이 엄청나게 소리를 질러댔는데 거의 비명 정도의 데시벨이었다. 물장구치는 소리는 반주? 하도 시끄러워 고개를 돌렸는데 2초 정도 네다섯의 여자분들과 눈이 마주쳤고 그분들은 정지했다. 나들목쯤 와서 생각해보니 그분들이 비키니를 입고 있었다. 와! 이런, 재빨리 고개를 돌렸어야 했다. 이미 난, 눈으로 비키니를 탐하는 영감님이 돼버렸다.

양손에 단 걸 하나씩 들고 어찌하면 좋을지 며칠 밤낮을 고민한다. 그리하다 야릇한 뭔가에 홀려 급한 대로 또 다른 걸 입에 문다. 다들 잘못이라 하거늘, 그 순간엔 어떤 말도 들리지 않는다. 다 녹아 없어지면 흘러내린 거라도 쓸어 담고 싶어진다. '그래도 그건 좀 아니지 않나? 아무리 힘들어도 추해선 안 된다.' 그렇게 마음을 다잡고 나면, 눈에 또 다른 게 들어오는 법이다. 그럴 때 조심할 게 터진 입과 무심한 자판이다.

'왜 맺어지지 않고 계속 엇갈리는지, 왜 공감할 수 없는지, 심하게 상처받았는데 왜 헤아리지 않는지, 왜 진심을 알아주지 않는지…' 답은 매우 간단하다. 상대방에겐 그 모든 게 아무것도 아니다. 아주 간혹, '다 정리했는데 지금 와서?' 그럴 때가 있다. 서로 타이밍이 맞지 않는 경우다. 그 순간 흥분하지 말고 이유가 뭔지 가볍게 살필 필요가 있다.

칼국수라는 음식은 누군가에겐 미치도록 맛있는 메뉴일 수 있지만, 또 다른 누구에겐 굳이 먹고 싶지 않거나 먹고 나면 속이 더부룩한 그저 그런 밀가루 계열의 그 무엇일 수도 있다. 하지만 사람에 따라 얼마든지 함께 먹을 수 있는 보편적인 메뉴이기도 하다. (샅샅이 뒤진다면 분명 어디선가 찾을 수 있겠지만) 걸쭉하고 진한 국물이 싫은 사람은 없다. 마음이 동한다면 무엇이 문제겠나?

즐거운 파티와 행사로 일주일의 피로를 푸는 편인지와 단체에서 지도자 역할을 맡는 것에 관한 질문, 이 둘에 어떻게 대답하느냐에 따라 E와 I가 바뀐다. 그런데 그건 기분과 상황에 따라 바뀌지 않나? 아무리 생각해봐도 난 ENTJ or INTJ가 아니라 ENTJ & INTJ!

내가 옳다면 가는 거다. 상대가 불편하고 기분 나빠도 가는 거다. 꼭 가야 한다면 가는 거다. 끝내 절대 인정하지 않는 사람, 증거가 나오면 조작하고 싶은 사람, 이런저런 사람들… 관계를 맺고 끊는 게 절대 쉽지 않다. 사는 게 대체 뭘까?

부끄럽지 않게 살기 위해 모든 걸 던지는 건 최선을 다하는 거다. 아무리 어렵고 힘들어도 당당해야 한다. 매사에 적극적으로 임하는 건 좋아 보이지만 일부러 더 나대고 의연한척하면 오히려 딱히 보인다. 비굴하지 않게, 거짓되지 않게, 사는 날까지 언제나 정정당당하게… 그렇게만 사는 거다.

07 단상 또는 느낌

(아직도 친숙한) 한국 나이로 네 살 때 일이 구체적으로 기억나는 것 같기도 하고 아닌 것 같기도 하다. 분명히 영상과 음성이 남아 있는 것 같은데 살짝 자신이 없다. 하지만 여섯 살 때 일은 확실하다. 어느 날 무슨 생각이었는지 혼자 날달걀을 먹고서 다 토했다. 그 순간 무섭고 놀랐던 마음이 지금도 생생하다. 그 트라우마는 정말 오래갔다. 고등학교 1학년 때 아침 일찍 엄마 친구 집에 심부름하러 갔었는데, 그 아주머니가 수고한다고 커피에 노른자를 올려주셨다. 정말 눈 딱 감고 삼켰다. 그날 이후 유일하게 익지 않은 노른자를 먹은 경우였다. 다른 달걀 요리는 상관없었지만 익지 않은 노른자가 신경 쓰였다. 그걸 완전히 극복하는데, 수십 년이 걸렸다.

고등학교를 졸업하기 직전 2월에 혼자 계룡산에 오른 적이 있었다.

아무것도 모르고 아무 장비도 없이… 입구에서 지도를 보고 '이 코스를 넘어갔다 저 코스로 가볼까?' 뭐 이러면서… 교과서에서 본 적이 있는 곳을 첫 번째 코스로 찍었다. 정상에 올라 아직 녹지 않은 눈밭에서 여러 번 굴렀다. 운동화를 신고 있었기 때문에 매우 미끄러워 어쩔 도리가 없었다. 주변에 아무도 없었는데 걸을 수 없을 만큼 다쳤다면 어떻게 됐었을까? 겨우 내려와 보니 이미 날이 저물었다. 다른 코스로 오신 분이 완전히 지친 나를 아래위로 한참 보시고 나서 "지금 그러고 거길 넘어왔냐"고 하셨다. 참으로 위험천만한 일이었다.

운전면허 필기시험을 세 번 만에 합격했다. 세 번 모두 전날 밤새도록 술 마시고 삼성동 가는 버스 안에서 문제집 한 번 읽고 응시했었다. 1종 보통이라 80을 넘어야 했는데 78, 76, 88! 코스는 학원 안 다니고 시험장 근처에서 30분에 5천 원 받는 사람들한테 시험 있는 날 한 번씩 타봤다. 결국, 인지대가 학원비만큼 나왔고 길고 긴 시간이 걸렸다. 합격하는 날 만난 아저씨가 10분 정도 가르치더니 그만하자고 했다. 아직 시간 안 됐는데 왜 그러시냐고 하니까 "오늘 당신이 떨어지면 종일 태워 주겠다"라고 했다. 약간 기분이 좋아졌던 건 맞다. S 코스 후진에서 '띠리리' 하기에 거칠게 내렸다. 부스를 향해 삿대질하며 반말로 "내가 왜 떨어졌어?" 이러자 안에 있던 분이 매우 당황하셨다. 얼마나 기가 막혔을까? 당시 주변에서 구경하던 사람들이 "아저씨 멋있다. 계속해요." 여기저기서 환호성과 박수가 터져 나오고 난리가 났다. 난 얼떨결에 다시 탄 뒤 계속했는데 기어코 출구로 나왔다. 경찰관은 아무 말 하지 않다가 "합격" 이러셨다. 지금 생각해보면 아마도 내가 다른 소리를 착각했던 것 같다. 여하튼 드디어 주행시험의 기회가 왔다. 난생처음으로 주행을 해보는 거라 매우 떨렸다. 대기 중에 우연히 학교 동창들을 만났는데 어찌하는 거라고 말만 듣고 그냥 탔는데 합격했다. 내가 속한 조의 앞의 조가 다 떨어지고 시험관리 아저씨가 기계를 발로 막 찼는데 우리 조는 다 붙었다. 내 젊은 시절을 적나라하게 보여주는 사건이었다. 대충 아무렇게나 막 들이대고 마지막에 어쩌다 따른 운 덕분에 성공!

[새벽 3시에 관한 몽상] 새벽 3시만큼 묘한 시간도 없다. 밤늦도록 일하는 사람들은 들어가고 일찍 일을 시작하는 사람들은 아직 나오지 않은 그러니까 일종의 하프타임 또는 공수교대 같은 시간! 그토록 붐비던 올림픽대로도 한적하기만 하다. 그 시간에 양평을 간 적이 있었는데 한참 동안 양방향에 내 차만 있었다. 고요함을 넘어선 그 무엇! 사실 난 4시쯤 자서 11시쯤 일어나는 게 제일 편하다. 전형적인 올빼미형! 종달새와 올빼미는 단지 유전자 차이라니 맘이 놓인다. 아침까지 술을 마시다 보면 3시야말로 절정이 아닐 수 없다. 그러다 보니 젊은 시절 너무나 많이 깨어 있었던 3시에 관한 추억! 그러나 이래서는 세상에 맞춰 살기 어렵다. 1시 전에 잠들려고 안간힘을 쓴다. 저녁에 산책도 하고 잠을 푹

잘 수 있는 여러 방법을 써 본다. 요즘은 3시에 깨어 있지 않다. 그 시간이 그립다. 2006/03/26

어느 날 새벽 3시쯤 자전거를 타고 ***공원에 갔는데 경비 아저씨가 지금은 규정상 들어갈 수 없다고 하셨다. 그래도 계속 사정사정하니까 조용히 큰길로만 다니라고 하시며 들어가게 해주셨다. 신나게 페달을 밟으며 여기저기 돌아다녔다. 행복이 이런 건가 싶었고 그 넓은 공원 전체가 내 것 같았다. 짧은 시간이었지만 절로 웃음이 나는 상쾌한 기억이 아닐 수 없다. 눈이 엄청나게 내린 어느 평일 오후, 오금공원! 아무도 없는 눈길을 걸었는데 정말 무아지경이었다. 여기가 무릉도원인가 싶을 정도였다. 아름다운 두 추억의 공통점은 아무도 없는 공원에서 혼자 누리는 자유!

만약 전생이 있고 그것을 택할 수 있다면? 셋 정도가 떠오른다. 광개토태왕 정복 부대의 선봉에 선 기병, 이순신 장군 함대의 거북선에서 노를 젓는 이름 없는 수병, 만주에서 항일 무장투쟁을 하던 독립군! '역사와 민족이 기억하지 못하는 아무개의 삶이라도 그렇게 살았다면 나의 소명을 다한 게 아닐까? 의미 있는 삶! 도대체 그게 뭘까?' 잠시 이승에 소풍 나왔는데 날씨가 너무 나쁘다. '깃털처럼 가벼운 이승의 삶! 공에서 다시는 색이 아니길, 아무것도 없는 무에서 무로, 그저 무로, 그뿐이길…' 이번이 네 번째이길 빌며! 젊었을 때는 어느 특정 시점으로 돌아가 다시 시작해보고 싶었다. 그럼, 분명 진짜 잘할 수 있을 것 같았다. 이제는 설령 그럴 수 있다고 해도 싫다. 너무 귀찮다. 힘들지만 여기서 잘 마무리하고 싶다. 강제종료 따윈 필요 없다. 그렇게 하지 않아도 곧 끝난다. 웃으면서 떠날 수 있길 빌며! 단 하루라도, 단 한 순간만이라도 인간답게 살아볼 수 있기를…

지하철 같은 칸에 탔다가 같은 역에서 내렸다. 일면식도 없는 어떤 분과! 난 슬리퍼 신고 느릿느릿 걷고 그분은 운동화 신고 막 빨리 걸어가셨다. 그분이 지인을 만나 이런저런 말씀을 나누시는 걸 보며 내가 잠시 앞질러 갔는데 뭐가 그리 다급한지 막 뛰어서 다시 날 넘어갔다. 그러다가 결국 **정문 앞 신호등에서 다시 마주쳤다. 나랑 목적지가 같았던 것을 맨 나중에 알게 되었다.

신묘년 여름 어느 일요일, 막차 앞에 홍대 입구 행을 타지 못하고 기어이 을지로 입구 행 막차를 타게 되었다. 일단 지상으로 나온 후 최대한 최종 목적지 근처까지 걸어서 이동하다가 택시를 타기로 했다. 우선 화장실이 급해 여기저기 살펴보다가 눈에 띈 건 지구대! 그래서 무조건 그쪽으로 길을 건넜다. 그 근처에 버스정류장이 있기에 혹시나 하는 마음으로 살펴봤더니 전광판에 3분 뒤 도착할 단 한 대의 버스가 있었다. 노선표를 보니 일산 가는 건데 동교동을 지난다. 다시 계획 변경! 1시 29분 버스탑승! 좀 걸어서 2시 10분쯤 최종 목적지 도착! 좀 늦어지고 웃겼지만 결국 도착!

'넝쿨째 굴러온 당신'이라는 드라마가 있었다. 어느 회인지는 기억나지 않지만 '한번 아니면 아니지, 뭐 이런 식의 사람이 뒤끝 있는 사람이다'라는 대사가 있어서 좀 불편했다. 약간 고민하다가 게시판에 이해하기 힘들다는 글을 남겼다. 그런데, 다음 회에 꼭 들어갈 필요가 없는 장면이 나오면서 '고집 센 사람'이라고 정정해 주셨다. 그 무렵 어디선가 전화가 여러 번 왔었는데 못 받았다. 난 원래 손전화를 잘 갖고 다니지 않는다. 똑똑한 손전화를 처음 산 것도 2016년!

히딩크 감독이 대한민국 축구대표팀 감독으로 처음 왔을 때 K-리그 수준이 자신이 생각했던 것보다 훨씬 낮고 승강제가 없어 긴장감이 없다고 했다. 좀 지나서 선수들이 체력이 약하고 킬러본능이 있는 선수가 없다는 말도 했다. 그전까지 우리는 부족한 실력을 정신력으로 극복해야 한다고 늘 강조했었다. 하지만 몸이 지친 상태에서 정신력이 나올 수 없음은 너무나 자명하다. 강력한 힘에서 모든 것을 넘어서는 영혼이 나오는 법이다. 정확한 진단이 있었고 그에 맞는 처방이 주효했다. 요즘 승강 플레이오프를 보면 유럽의 단두대 매치와 전혀 다르지 않다. 극적으로 잔류하거나 승격하는 팀의 선수, 코치진, 팬들의 눈물… 끝내 오르지 못하거나 내려가야 하는 구성원들의 끝 모를 슬픔… 중립적인 사람도 절로 동기화되곤 한다. 과거에 비한다면 다소 골 결정력이 좋아지긴 했지만, 아직도 세계적인 수준과는 거리가 멀다. 이제 아시아에서조차 만만한 팀이 없다. 무엇보다 끝없이 공격하다가 역습 한방에 무너지는 모습은 꼭 개선돼야 한다. 여하튼 동구 감독은 우리 축구계에만 영향을 끼친 게 아니라 사회 전체에 커다란 화두를 던졌다. 정말 은인이 아닐 수 없다.

옛날에는 우리나라에 권투 세계 챔피언이 많았고 주요 경기는 늘 지상파에서 생중계했었다. 선수는 단순한 스포츠맨이 아니라 국민의 열광적인 성원을 등에 업고 가슴에 나라와 민족의 혼을 담아 싸우는 전사이자 투사였다. 죽을지언정 질 수 없는 신성한 전쟁이었다. 4전 5기의 신화가 그냥 나온 게 아니다. 하지만 달도 차면 기우는 법! 이런저런 불미스러운 일들이 발생하고 스타 선수들이 이어지지 않자 급격히 인기가 떨어졌다. 그러던 중 어느 타이틀매치 12회가 끝나고 우리나라 선수가 힘차게 섀도복싱을 하자 캐스터가 체력이 참 대단하다고 칭찬했다. 잠시 침묵이 흐르고 해설자가 다르게 말했다. "힘을 경기 중에 다 써야 한다. 저게 뭔가?" 당시엔 스태프 두 분이 그렇게 하는 게 흔치 않던 시절이었다. 그 순간을 기점으로 비로소 복싱이 스포츠가 되었다.

스포츠 중계를 하면서 아나운서와 해설가가 싸우는 것 같은 느낌이 있었다. 그 채널은 그 종목에 독점 중계를 하는 곳이고 난 그걸 계속 보고 싶은데 매우 불편했다. 일부러 회원 가입해서 내 생각을 게시판에 남겼다. 두 분 다 잘하시는 분인데 조합이 잘 맞지 않는 것 같다고! 마음에 들지 않는 발언을 부드럽게 받는 거 쉽지 않다. 하지만 프로 방송인이라면 생방송에서 시청자를 먼저 생각해야 한다.

KBS 9시 뉴스를 가능하면 보려고 한다. 하지만 예전처럼 자주 보기도, 전체를 다 보기도 힘들다. 대한민국 공영방송의 보도 방향을 보면 지금 뭐가 어떻게 돌아가는지 여러 가지 면을 짐작할 수 있다. 이미 읽은 기사를 기자가 어떤 논조로 보도하는지 살피는 게 매우 흥미롭다. 혹시 당일 있었던 스포츠게임을 라이브로 봤다면 스포츠뉴스 시간에 기자가 어떻게 경기를 압축하는지 살핀 뒤, 나의 요약과 비교도 해본다. 때로는 왜 저렇게 할까 싶을 때도 있고 정확하게 나랑 악센트가 같을 때도 있다. 무척 재미있는 순간이다.

로또를 천원만 살 때가 있다. 그럴 땐 될 수 있으면 천 원짜리를 낸다. 그런데 만 원짜리만 있거나 잔돈이 필요해서 바꿔야 할 때는 염치 불고하고 슬며시 녹색 지폐를 내민다. "천 원만 할게요." 했더니 할머니가 저쪽에서 다른 일 하시다가 오셔서 기계를 거친 로또 용지와 구천 원을 주셨는데 다섯 개가 인쇄되어 있었다. "저기 이게…" 하니까 괜히 화내시면서 "아니, 하나 한다면서요." 하시기에 "전 뭐, 그냥 가면 되지만요. 그래도 이게 다섯 개라서요." 하니까 이번에는 죄송하다고 말씀하셔서 웃고 말았다. 그랬더니 그제야 마지막으로 "감사합니다"라고 하셨다.

그리고 드디어 운명의 하나를 받아들었다. 순간 내 머릿속에 이런 생각이 스쳤다. '이리 바꾼 게 되면 착하게 살아서 된 건가? 난 아닌데 이번 주에 여기서 누가 되면 혹시 내가 바꾼 그건가 싶어 왠지 서운할 거 같은데…' 사실 이게 얘깃거리가 되려면 당첨이라는 결과가 있어야 한다.

길고양이들에게 아는 척을 하면 대부분 도망간다. 간혹 휘파람을 불면 야옹 하면서 미소 짓는 아이들이 있고 말을 하면 귀를 쫑긋 세우며 듣는 녀석도 있다. 어느 날, 술 한잔 마시고 아주 좁은 골목을 지나면서 집과 집 사이 낮은 담벼락 위에 올라가 있던 녀석에게 질문을 하나 했다. "야, 이번 주 내가 로또 1등이지?" 눈을 살포시 감으며 고개를 위아래로 흔들더니 "킁!" 하기에 한 번 더 "확실해?" 하니까 이번엔 "킁킁!" 정말 기분이 좋아져서 바로 집에 데려가고 싶었다. 한데 녀석이 마음은 착한데 신기는 없었다.

어느 날 벌이 달려드는 꿈을 꿨는데 너무나 생생해서 벌을 쫓는답시고 손가락으로 오른쪽 눈을 찔러 각막이 찢어졌다. 안과 가서 보호 렌즈 끼고 안약 넣는 치료를 받았다. 선생님이 말씀하시길 보기보단 상당히 깊이 들어갔다고 했다. 몇 달 뒤 살짝 눈을 건드렸는데 재발해서 또 렌즈 끼고 안약 넣고 했다. 그러고서 다음 날 자고 일어나다가 렌즈가 빠져 다시 똑같은 돈을 지출했다. 시작은 항상 별거 아니다.

한참 볼링을 좋아하던 시절이 있었다. 주로 술 마시고 술 깨려고 쳤던 것 같다. 그것부터 옳지 못하지만, 기본적인 예절도 모르는 게 많았다. 어느 날 맨정신으로 오전에 혼자 가서 친 적이 있었다. 옆 레인에 매우 잘 치시는 어떤 분이 오셨다. 4프레임까지 스트라이크를 똑같이 붙였다. 그랬더니 "와, 막상막하." 그러시기에 좀 기분이 나빴다. 나중에 알고 보니 매우 유명한 프로 볼링 선수셨다. 딱 한 번, 스플릿 7-10을 잡은 적이 있었다. 난 그냥 7번을 세게 맞추려고 한 것뿐인데 핀이 뒤를 맞더니 튀어서 10번을 때렸다. 그걸 옆에서 본 사람들이 모두 함성을 질렀다. 그때 나만 몰랐다. 그게 좀 대단한 것임을!

끝내 실행하지 못했다면 아무리 생각해봐도 견적이 나오지 않았던 거다. 현실은 판타지가 아니니까! 못한 게 아니라 안 한 거다. 지나치게 신중한 게 아니라 현명한 거다.

방이역 사거리에서 초록 불을 기다리고 있었는데 야위고 지저분해 보이는 개 한 마리가 사람들 틈에 끼어 있었다. '쟨, 왜 저러고 저기 있을까?' 그러던 중 잠시 뒤 불이 바뀌자 제일 먼저 정확히 건널목을 따라 걸었다. 너무 놀라 입이 다물어지지 않았다. 건너편 인도에서도 사람들을 피해가며 잘도 걸었다. 도대체 내가 뭘 보고 있는 건지 보고도 믿어지지 않았다.

어느 날 길거리에서 500원을 주고 심령 과학에 관한 중고 책을 샀는데, 누가 죽고 나서 들어오는 개나 기타 동물을 함부로 먹으면 안 된다고 했다. 반드시 그 집에 어떤 식으로든 다시 오니까! 아래층에서 새로 개를 들여왔는데 얼마 있다가 그걸 잡아서 다리 하나를 주인집이라고 올려보냈다. 어찌해야 하나 고민하다가 그냥 돌려보낼 수도 없고 버릴 수도 없어서 먹었는데 지금도 가끔 그 일이 떠오르면 마음이 편치 않다. 그리고 앞으로는 법을 떠나서 우리 사회 전체가 개는 먹지 않는 게 좋겠다고 생각한다.

부산에서 서울로 올라오는 고속도로! 내 뒤차가 심하게 경적을 울렸다. 그 소리에 놀란 뒤, 속도계를 보니 내가 시속 60km로 가고 있었다. 난 몰랐지만 아마도 졸음운전인 것 같았다. 위기를 넘기고 한참 뒤, 앞에 어떤 분이 빨간 깃발을 마구 흔들며 차선을 바꾸라는 신호를 보냈다. 내가 끝까지 차선을 안 바꾸니까 마지막으로 내차 앞 유리에 대고 흔들었다. 그제야 바꾸려 하는데 다행히 길을 열어주는 차가 있었다. 그렇게 차선을 바꾸고서 보니 내가 가던 차선 앞에 땅이 상당히 내려앉아 있었다. 룸미러로 보니까 내게 기를 흔들던 분이 안도의 한숨을 쉬었다. 그 날 죽을 수도 있었는데 운이 좋았다.

본사에서 세일 준비한다고 여러 가지를 진행하려고 하면 꼭 창고에서 못 받쳐준다. 화가 나서 항의하면 너희들이 와서 해봐? 약간 그런 분위기? 그리고 진짜 지원하러 가면 내가 완전 노동자 모드로 변하게 된다. 일이 힘들다. '아하, 일부러 보조하지 않는 게 아니라 우리가 요구하는 게 불가능하구나!' 해보면 알게 된다. 그런데 그런 식으로 일하는 거 괜찮다. 다른 생각 필요 없이 정해진 시간 동안 주어진 작업만 하면 된다.

어떤 계기, 터닝포인트가 있어야 한다. 정리가 안 되면 앞으로 못 간다. 대부분 내가 잘못 알고 있었던 경우가 많다. 돌아가는 게 훨씬 빠를 수 있다. 작전상 후퇴, 정말 필요하다. 그런 건 포기가 아니다. 무조건 '빠꾸'는 없다? 그런 게 '사나이' 아니다. 경우의 수를 추리고, 최적합한 하나를 선택한 뒤, 실천! 그럴 때 결과가 있고 의미가 있을 가능성이 크다.

답답할 땐 배를 내밀며 코로 숨을 들이마시고 잠시 멈췄다가 입으로 뱉는다. 그냥 한숨을 크게 내쉬는 거다. 그럼 한결 좋아진다. 매일 눈 운동을 한 후 발가락 스트레칭을 한다. 어느 건강프로그램에서 맨발로 걷는 것과 비슷한 효과가 난다고 해서 시작했다. 그다음 코로 숨을 마시고 멈췄다가 코로 내시며 숫자를 헤아려 본다. 코에 집중하며 모든 것을 지우려 노력한다. 그런데 자꾸만 잡념이 나를 잡는다. '계속하다 보면 완전히 숫자만 셀 수 있을까?' 거의 매일 간단히 스트레칭하고 벽 스쿼트를 한다. 끊어 갈 때 가볍게 맨손으로 손목 머리 치기를 해본다. 발을 굴러보면 당일 컨디션을 알 수 있다. 추가로 플랭크를 하고 마지막으로 한강 산책로를 걷는다. 될 수 있으면 빨리 걸으려고 하지만 몸 상태가 나빠 어려울 때도 있다. 그럴 땐 늦게 걷더라도 다리에 힘을 주고

발뒤꿈치부터 착지하려고 노력한다. 확실하진 않지만, 발가락 스트레칭과 플랭크를 추가한 후부터 다리에 좀 더 힘이 들어가는 느낌이 든다.

젊었을 때는 치킨에 맥주 마시고 당구장 갔다가, 족발·보쌈을 안주 삼아 소주로 목을 축이고 볼링으로 몸을 풀었다. 마지막으로 광어에 소주를 마시고 신나게 노래 좀 부르다가 해장국에 소주로 마무리하면 동이 트곤 했다. 취하고 깨고 무한 반복! 뻗은 친구들을 업어 다가 목욕탕에 누이고, 샤워한 뒤 잠시 취침! 오후 2시쯤 일어나 해장으로 짬뽕을 먹다가 결국 반주로 고량주 추가한다. 그러다 느낌 좋으면, 영화 네 편쯤 보고 다시 밤에 청주를 마셨다. 지금도 가능한지 확인해보고 싶은 마음이 없진 않지만 사소한 궁금증에 목숨을 걸 이유는 없다. 살다 보면 살에 살짝 상처가 날 때가 있다. 젊었을 땐 놔두면 그냥 붙는다. 늙으면 반드시 소독하고 연고 바른 뒤, 밴드 붙이고 좀 놔뒀다가 떼어야 한다. 만약 섣불리 제거하면 다시 갈라진다. 젊어서는 젓가락질도 잘 되지만 늙어지면 자꾸 뭘 흘린다. 앞 접시는 필수다. 젊어서는 쉬지 않고 4시간 정도는 걸을 수 있지만 늙어서는 2시간도 쉽지 않다. 너무 발걸음이 가벼워서 평소보다 빨리 걸으면 갑자기 상태가 나빠진다. 항상 일정한 페이스를 유지하는 게 좋다. '뭐 어쩌겠나? 그리된걸!' 하지만 이렇게라도 꾸준히 하다 보면 자신감이 생긴다. 그럴 때 빠르지 않게 뛰어본다. 한 100 정도를 헤아리고 다시 걷는다. 숨이 돌아오면 똑같이 반복한다. 이러면 인터벌 트레이닝 비슷하게 된다. 할 수 있는 한 최대로 해본다. 이걸 할 수 있다면 아직 젊은 영감님이다.

세탁기가 좋지 않은 환경에 있다. 사실상 외부에 있는 거나 마찬가지다. 대체로 영하 10도 이하로 떨어지면 어김없이 얼어버린다. 웃긴건 영하 1도에서는 절대 안 녹는다. 검색해서 별짓을 다 해봐도 안 된다. 하지만 딱 영상으로 바뀌면 바로 돌아간다. 매우 싸고 알아주지 않는 브랜드인데 그런 상황이 10년 넘게 반복 되도 망가지지 않았다. 빨래 세제가 잘 안 녹아서 세탁기 탓인가 하다가 액체 세제로 바꿨다. 검색해보니까 전부 나랑 비슷한 이유로 갈아탔다고 한다. 액체 세제라도 정말 중요한 건 적정량을 넣는 거다. 많이 넣는다고 빨래가 더 깨끗하게 되는 건 아니다. 그나저나 세탁기 이 녀석 도대체 언제까지 버틸까?

가난하다고 순진하고 부자라고 사악한가? 누구는 정의이고 누구는 불의인가? 누구는 무조건 옳고 누구는 반드시 그른가? 나이 많고 화려한 경력을 가진 사람이 하는 말은 다 맞나? 결국, 세상은 돈을 가진 자와 못 가진 자, 권력을 가진 자와 그의 지배를 받는 자만 있을 뿐이다. 그 틀을 깨뜨리려 하거나 이미 뭔가 가진 자들에게 도전하는 것은 무섭고 두려운 일이다. 모조리 털어서 완전히 망가뜨리는 프레임, 그렇게 당하는 사람들 불쌍하고 안타깝다. 누구라도 그 덫에 걸리면 당하지 않을 수 없다. 그 사람의 언행에 위기를 느꼈거나 불쾌했던 자들의 반격!

덤비려거든 초미세먼지만큼도 부끄러운 게 없어야 한다. 뭔가 껄끄럽다면 나서지 않는 게 좋다. 뭐든지 각오한다면, 정정당당하다면 상관없을 것이고 언젠가 다시 반격할 수도 있을 것이다. 하지만 그게 다 부질없다. 이런 말에 공감하거나, 반대하거나, 비웃거나, 꼴 같지 않거나… 그 모든 반응이 다 맞다.

포기하면 지금 끝나지만 포기하지 않아도 곧 끝난다. 어차피 소멸할 거 다 부질없는 걸까? 생겨난 것도 없고 없어진 것도 없다. 그저 형태만 변할 뿐! 끝없이 길을 찾는다. 살아있는 한 비굴하지 않게, 거짓되지 않게… 길을 잘못 들면 고통이 심하다. 아무리 힘들어도 평정심을 잃으면 안 된다. 끝없이 생각만 하면 그저 딱 몽상가로 끝을 맺는다. 행동이 따르지 않는다면 아무것도 아니다. 결과가 없다면? 어찌할지는 본인의 선택이다. 중요한 건 딱 하나다. 필요한 순간, 필요한 곳에, 정확하게 Strike Surgery!

지금 내가 어디 서 있는지, 얼마나 부족한지 알게 될 때가 있다. 중요한 것은 그것을 스스로 인정하고 받아들여야 한다. 그래야 길이 있고 그 길로 갈 수 있다. 정말로 될 수 있는 걸 붙잡고 밀어 보는 거다. 어떻게 진행할 건지 각이 나와야 칠 수 있다. 뭐가 되어 보겠다? 경제적 독립? 그런 거 말고 인간으로서 가장 기본적인 삶! 죽기 전에 언제라도… 그 정도면 충분하다.

누구나 저마다 뭔가를 팔아 댄다. 자기가 한 일로 입금이 되고 그 돈으로 밥을 먹으면 액수와 상관없이 그게 파는 거지 뭔가? 판다는 말에 병적으로 혐오감을 가진 분들이 있다. 그럼, 매출이라고 하면 좀 나을까? 그분들의 고귀하고 고상하고 위대한 행적은 하나하나가 다 의미 있는 역사고 기적이다. 판다는 표현은 경망스럽고 천박한 표현이다. 그분들에게만!

계획을 세우지 않는다고 해도 단어 하나 문장 하나쯤은 누구나 있다. 그것도 계획이다. 구체적으로 시간을 정해 놓으면 그대로 되나? 하지만 분명 기준선은 될 수 있다. 분 단위로 정해진 진행표는 숨 막힌다. 그냥 느긋하게 오늘 오전 중으로 어디 가서 뭘 먹고 다음 장소엔 17시경 도착하겠다. 이 정도가 훨씬 편안하지 않을까? 그런데 정도의 차이지 이것도 명백히 진행표다.

목표가 원대하면 헛된 꿈일까? 소박하더라도 아무것도 안 하면 그게 헛된 꿈이다. 한발 한발 구체적으로 전진한다면 꿈일지라도 헛되지 않다. 언젠가 원하는 지점에 진짜로 도달할 수도 있다. 최소한 근처라도 다가설 수 있다. 소박하다면 예상보다 빨리 오래 누릴 수 있지 않을까? 하지만 가장 기본적인 것마저 흔들린다면 어떤 경우에도 꿈은 쓸데없다.

인생의 목표가 최대한의 권력과 자본? 원대한 목표를 이루기 위해 야심 찬 계획을 세워봤자 그대로 살아지지 않는다. 최종목표를 위해 대충이라도 윤곽을 그려본다. 프로젝트를 진행하다 보면 예상치 못한 난관과 여러 돌발변수가 발생한다. 여러 경우의 수를 상정하고 상황에 맞는 최선의 대책을 찾아본다. 어느 순간엔가 최종결과가 나온다. 성공이든 실패든. 하지만 그런 거 말고 그냥 사랑하는 사람들과 좋은 관계를 맺고 자기 일과 취미를 즐기며 사는 길도 있다. 마음을 비우고 소소한 일에 행복을 찾으며 작은 성취에 만족하면서! 기본적인 게 문제 되지 않는 서민 살이라면 그게 최고 아닐까?

꿈, 희망, 목표, 계획! 이런 단어들이 있다. 느낌은 아주 살짝 매우 다르다. 꿈 그러면 왠지 '헛된'이라는 수식어가 제일 먼저 떠오른다. 희망 그러면 나 아닌 다른 뭔가에 의해 운명이 결정되는 것 같아 슬프고 힘없어 보인다. 목표와 계획은 서로 호응한다. 가령 목표를 설정한 뒤 '계획을 세웠다.' 이렇게 말하면 뭔가 가슴 벅찬 도전의 서막 같은 느낌이다. 그런데 실행 전에 삶의 코페르니쿠스적 전환이 필요하다면 계획을 세울 필요는 없다. 그건 아직 익지 않아 딸 수 없는 과일이다. 어렵사리 출발한다 해도 모든 게 계획대로 되진 않는다. 진한 상실감이 끝이라면 무슨 의미가 있을까? 너무 꽉 조여 있으면 그것에 스스로 눌리게 된다. 숨 막히고 벅차다면 결국 일을 망치게 될 것이다. 계획을 세우지 않는 사람이라도 아주 희미한 선은 있으리라 생각한다. 궁극적인 방향성이라도 있다면 계획은 존재하는 것이다. 진행 중에는 어떤 일이 있어도 항상 튼튼하고 씩씩해야 한다. 신나고 재미나게, 침착하고 절실하게, 빠르고 정확하게, 한 치의 오차도 없이 치밀하게… 결국, 중요한 것은 결과다. 목표 달성에 관한 평가자료가 살아서 볼 수 있는 마지막 서신이라면 최상이다. 하지만 어디서든 비굴하지 않고 궁핍하지 않았다면 그걸로 족하다.

행복은 짧고 영광은 순간이다. 시도하지 않으면 실패도 없고 제안하지 않으면 거절당하지도 않는다. 도전하지 않으면 승리도 없지만, 패배도 없다. 완전히 마음을 끊거나 그에 못지않게 비워내면 아무것도 없고 아무 일도 일어나지 않는다. 이룩하는 게 없지만, 고통도 없다.

백만 가지 색연필을 가슴에 담고 터널 끝에 섰다. 살며시 하늘을 보니 왠지 더 아득하다. 포기는 절대 없다. 영원히! 좌절 따윈 인제 그만! 고통은 길고 누림이 짧다면 슬프다. 하지만 아주 잠깐이라도 그럴 수 있다면 그나마 다행이지 않을까 싶다. 죽는 순간 살짝 웃을 수 있지 않을까? 그럼 됐지, 뭐! 그리운 건 아무것도 없다. 외롭지도 않고, 보고 싶은 사람도 없다. 도대체 어떻게 그리됐을까? 그저 사는 동안 건강하면 될 것 같다. 모든 것을 잊고, 모두를 놓을 수만 있다면…

초등학교 시절, 학교 주변엔 수많은 문방구가 있었다. 당일 필요한 모든 수업 준비물을 그곳에서 구할 수 있었다. 그러나 호황의 시간은 그리 길지 않았고 세상의 변화에 휩쓸려 하나씩 사라지다가 가장 좋은 자리에 있던 가게만이 매출의 방식을 바꿔가며 홀로 마지막까지 굳세게 버텼다. 신혼부부에서 할머니·할아버지가 될 때까지⋯ 하지만 혼자 맨몸으로 거대한 흐름을 거스를 순 없다. 폐업한 명당자리엔 **교습소가 들어왔다. 서운한 마음은 접어두고 몸을 추슬러 다음 태풍 맞을 채비를 해야 할 것이다. 놈들은 이미 아주 가까운 곳까지 진격했다. 머지않아 훨씬 무서운 일들이 일어날 것이다.

살아있다면 언제든지 새로운 거 배울 수 있고 처음부터 다시 시작할 수 있다. 뭐든 가장 기본적인 것을 이해하는 게 중요하다. 하지만 나이가 들수록 성취도는 현저히 떨어진다. 같은 클래스에서 성실하게 수업을 들어도 젊은 사람들을 제치고 상위권에 들기는 어렵다. 아니 절대 불가능하다. 특히 완전히 모르는 분야에 도전하는 거라면 더욱 심하다. 그래도 하겠다면 하는 거다. 그럼 언젠가 경쟁 상태가 될 수도 있다. 이론적으로는!

변화에 민감하고 언제든 상황에 따라 잘 맞출 수 있다고 생각했었다. 비교적 잘 따라가고 있다 믿었지만 실은 그렇지 않았다. 완전히 몰랐던 세계에 놀랐고 인공지능이 프로그램이라는 사실에 경악했다. 앞으로 어떤 세상이 올지 살짝 윤곽을 보고 나니 걱정스럽고 두려운 게 사실이다. 새로운 특이점에 누군가는 기회를 잡고 누군가는 도태될 것이다. 난 어느 쪽일까?

커가면서 점점 그 한계와 본질이 드러난다. 어렸을 때 똑똑하지 않은 사람은 없다. 열심히 하면 누구나 잘할 수 있다. 사실 열심히 하는 게 진짜 어려운 거다. 성공한 사람들이 말하는 방법 중에 특별하지 않다면 따라 하는 게 좋다. 뭔가 한 분야에 단기간 집중했을 때 역량이 쌓이는 법이다. 좀 두꺼운 책도 빠르게 여러 번 봤을 때 숙지가 된다. 아무리 두꺼워도 책 하나를 잡고 2주를 넘겨서는 안 된다는 말 정말 맞다. 대충이라도 넘긴 다음 다시 보면 달리 보인다. 느리게 오래 보다 보면 앞에 내용을 다 잊어버리기 마련이다. 보다 안 보다 그러다가, 계속 처음부터 다시 시작하면 맨날 앞부분만 보다 끝난다. 모두가 알고 있는 사실인데 실천이 어렵다.

정말 다급하다고 아무 데나 지원하면 안 된다. 정말 그 분야에 관심 있고 업무 능력을 갖추고 있을 때 비로소 다른 사람들과 그 자리를 다투게 되는 것이다. 인성·적성검사와 면접을 시켜 준다고 좋아할 것도 없다. 심사하는 분들의 질문만 들어도 원하는 사람이 어떤 사람인지 알 수 있다. 그 자리에 온 수많은 사람의 관상과 복장만 살펴봐도 '아, 저 사람이겠구나!' 쉽게 알 수 있고 때론 적중한다. 처음 몇 번은 경험 삼아 볼 수도 있겠지만 그 이상은 시간 낭비다. 서로에게 마이너스! 결과를 예감하고 면접관을 훈계하거나 막 나가면 개그맨이나 정신병자가 된다. 얼마나 우스운가? 그나저나 한 명 뽑으면서 면접에 수십 명을 부르는 건 도대체 무슨 생각인지 도저히 알 수가 없다.

　MZ 세대와 잘 지낼 수 있겠냐고 묻는 분이 계셨다. 그때 다하지 못한 말들을 여기에 담고 싶다. 우선 '세대'란 '커다란 틀'이 아닐까 싶다. 한 시대를 관통하는 공약수 같은 게 있을 수 있겠지만, 동시대의 모든 사람을 하나로 묶는 것은 다소 무리다. 86세대는 다 운동권인가? 그 시대에도 공부만 하던 사람들이 있었고 자기 할 일 하던 사람들이 다수였다. '음주파'가 훨씬 많았다는 뜻이다. 민주화를 위해 맨 앞에서 희생하신 분들의 공이 제일 크다. 하지만 세상이 바뀐 건, 맨 마지막에 박수를 보낸 넥타이 부대와 평범함 시민들의 참여 덕택이다. 애초에 어울리지 않던 M과 Z가 드디어 'Zalpha'라는 신조어의 등장과 함께 깨진 것처럼 보인다. 드디어 M도 트렌드 리더에서 '밀림'이 시작된 것이다. 그리 만든 건 오직 흐르는 시간이다. 새로운 인류는 센스있는 자들의 멋진 작명으로 계속 출현할 것이다. 같은 관심사를 갖고 서로를 존중하고 배려한다면 나이와 상관없이 무난한 관계가 형성될 수 있다고 본다. 하지만 대부분의 '사회적 관계'는 그리 간단치 않다. 조직 구성원 간의 갈등은 기본적으로 나이 때문에 생기는 게 아니라 정규직과 비정규직 같은 계약 관계의 불평등에서 온다. 그런 것들이 수직적 관계를 만들고 각종 차별이 존재한다면 함께 어울릴 수 있을까? 물론 나이 많은 사람이 낮은 자리에 있으면서 지나치게 어른 행세하면 젊은 사람들이 부담스럽다. 뭣도 아닌 사람이 뭐라도 되는 듯 행동하면 볼썽사납다. 또한, 높은 자리에 있다고 젊은 사람이 함부로 하면 좋은 마음으로 따라가기 쉽지 않다. 꼰대? 누구라도 될 수 있다. 세상의 변화와 함께 새로운 형태의 권력자들이 끝없이 나타나 우릴 지배할 것이다. 위탁 관계! 그게 제일 웃기다. 도대체 소속이 어딘가? 소속이 다른데 같은 팀이 되겠나? 신분이 다르다고 막대하면 마음 편할 사람이 있을까? 호형호제하면서 잘 지내는 것도 좋겠지만 서로 '아무개님' 하는 편이 업무를 위해 더 낫다. 동료는 사적인 친구와 같은 말이 아니다. 누구도 무시당하지 않고 한 사람의 독단적인 의사결정이 배제된다면 수평적 관계 비슷하게 될 수도 있다. 높은 자리 있을 때 잘하는 사람들은 심성과 능력 둘 다 갖춘 거다. 하지만 세상일은 말처럼 쉽지 않다. 모든 건 돌고 돈다. 결국, 자신이 처한 상황에 따라 입장과 견해가 바뀔 수밖에 없고 언행도 그렇게 된다. 그런데 그 모든 게 그리 길지 않다.

누군가 내게 "여긴 비전은 엄청난데 돈은 '얼마' 있다고 하더라고요!" 그러면서 웃었다. 그 당시 그 자리에 있지 않았기에 알 수 없었던 내용이었고 같이 비웃어보자 그런 느낌이었다. '같은 편이 될까?' 그런 마음이 전혀 없진 않았다. 객관적으로 분명 사실이었기 때문이다. 이도 저도 아닌 사람이 어떤 태도를 보여야 할지 애매했기에 말없이 웃고 말았다. 부족한 사람이 여기저기서 미쳐 날뛰면 누군가 막아야겠지만 꿈을 가지고 열심히 하는 걸 손가락질할 필요는 없다. 사업의 효율성이 명확히 드러나면 좋은데 그렇지 않을 때가 많다. 하지만 언젠가 정확한 잣대로 선을 긋게 된다. 필요한 건 바로 앞 문장이고 그때가 늘, '곧' 닥친다.

말이 점점 정교해진다면 당혹스럽다. 자신의 권리를 찾기 위해 여기저기 알아본 티가 날 땐 싸우지 말고 내주는 게 좋다. 난 그저 잠시 쥐고 있었을 뿐⋯ 내 것이 아니고 당연히 그분 거니까! 그럴 때 미련을 갖거나 아쉬움을 품으면 손해가 배가 된다. 물론 관련 내용을 사전에 알았더라면 내가 먼저 필요한 절차를 안내했을 것이다.

안 되는 건 다 이유가 있다. 아무리 해도 안 되는 걸 너무 오래 붙들고 있으면 안 된다. 이유가 뭐든 안되는 건 안 되는 거다. 남겨진 흉터는 때울 수 없다. 하지만 시간이 흐르면 모든 게 다 아무것도 아니다. 욕심을 버리고 집착을 걷어내면 마음의 평안을 얻을 수 있다. 이걸 아주 나중에 알게 된다는 사실이 아쉽다.

지난 일은 어쩔 수 없고 후회해봐야 소용없다. 끝까지 포기하지 않고 버티는 사람은 의지가 굳어 보이지만 쉽게 좌절하고 방황한다면 의미 없다. 그냥 집착일 뿐이다. 깨끗이 포기하는 게 훨씬 상책이다. 특별히 할 일이 없다면 찾아야 한다. 역전 홈런 노린 큰 스윙, 결과는 항상 삼진! 아주 많이 멀리 왔다 해도 처음 자리로 돌아가야 한다. 거기서 다시 시작해야 한다. 그래야 살 수 있다.

　동대문야구장이 그립다. 그곳에서 고등학교 야구와 초창기 프로야구를 봤다. 그때 큰 의문이 하나 있었다. 왜? 1할대 타자를 출전시키는 건지… 시간이 꽤 흐른 어느 날, 라디오 중계를 듣다가 국가대표 감독을 지내신 해설자를 통해 그 이유를 알게 되었다. 경기에 출전할 선수를 결정할 때, 그 포지션에 가장 수비가 좋은 선수를 선발로 넣고 그 선수들 가운데서 타순을 정한다는 걸… 그 말씀을 듣는 순간 의문이 풀렸다. 야구란 게 점수를 내야 이기지만 역시 기본적으로 가장 중요한 건 수비다. 그나저나 지금도 동대문야구장이 있다면, 어디 사는 서울 시민이든 접근성이 좋고 (실제로 가능한지는 모르겠지만) 축구장을 합해 돔구장으로 만들 수도 있었으며 급히 필요하면 그대로 쓸 수도 있었을 것이다. 너무 아쉽다.

　왼손 타자에 흔히 기용하지 않는 선수로 투수를 교체했다. 이건 승부구가 뭔지 가르쳐주는 거나 다름없었다. 리베라의 커터처럼 절대 못 칠 공은 아니었다. 그렇다면 오히려 그 공을 기다렸다가 밀어쳐야 했다. 하지만 다소 빠른 타이밍에 힘차게 당겨서 2루 쪽으로 땅볼이 깔리고 병살이 되었다. 확률적으로 이길 확률이 낮은 선택이었는데 결과가 좋았다. 투수 쪽 감독은 이렇게 생각하지 않았을까? '뭘 던질지 가르쳐줘도 타자는 당겨칠 것이고 공은 2루 방향으로 갈 것이다.' Squad Depth만으로 그런 예측을 무너뜨릴 순 없다.

정말 힘들수록 배트 길게 잡고 홈런 치려고 하면 안 된다. 9회 말 투아웃 역전 만루홈런, 물론 그런 게 없진 않지만 나올 확률은 거의 없다. 9회 말 투아웃에 연속안타로 9-6을 10-9로 뒤집는 걸 잠실에서 본 적이 있다. 사실 냉정하게 보면 상대 팀 투수 교체 타이밍이 적절하지 않았다. 즉, 내가 잘한 게 아니라 상대의 작전 실패였다. 무엇보다 지금은 9회가 아니다. 공을 배트에 정확하게 맞춰야 한다. 1루에 우선 나가야 한다. 최상의 시나리오는 주자를 쌓아놓고 날리는 적시타!

두 가지 삶의 방법은 이리 표현할 수 있다. 배트 짧게 잡고 단타를 노리거나 최대한 길게 잡고 힘차게 돌려 큰 거 한 방을 노리거나! 확률적으로 어떤 게 높은지는 명확하다. 어떤 경우든 신중하게 배트를 내서 정확히 중심에 맞춰야 한다. 기회는 단 한 번! 헛된 생각 하지 않고 차근차근 돈 모아서 우선 종잣돈을 만든다. 그걸로 건전하게 정석대로 투자한 사람과 그렇지 않았던 사람들의 결론은 매우 극명하게 갈린다. 화려하고 모양새 나는 멋진 삶, 그걸 그냥 준다면 마다할 사람이 있을까? 거절할 사람은 없을 것 같다. 하지만 큰 위험이 따른다면 둘로 나뉠 것이다. 9회 말, 투아웃 주자 만루 풀카운트 동점 상황, 그 순간에 포크볼을 던질 수 있을까? 배짱 최강 투수와 무조건 홈런을 노리는 선수가 부딪혀 전설을 만드는 법이다. 주인공은 아무나 되는 게 아니다.

세상을 바꾸고 싶던 적이 있었다. 쓸데없는 생각, 부질없는 생각은 삶을 피폐하게 만든다. 밥 한 그릇 먹기도 힘들 때 참으로 어설프고 어처구니없는 망상이었다. 세상은 몽상가들의 상상으로 바뀌지 않는다. 반면 실천하는 야심가들이 모이면 잠시 바뀐다. 정확히 말하면 아주 잠깐 바뀐 것처럼 보이는 것이다. 바로잡아봐야 또 휘어진다. 곧 다시 되돌려지는 것이다. 놀라운 복원력에 혀를 내두르게 된다. 바로잡을 가치는 있나? 그나저나 바뀌면 좋아지긴 하나? 기후 위기는 자본주의 시스템과 시민혁명의 가치에 어떤 영향을 줄까? 혹시 근본적인 변화?

세상의 끝을 보았다. 기가 막히고 어이없는 상황을 겪을 때마다 흔들린다. 서민으로 산다는 것은 늘 서럽고 그저 헛웃음만 나오는 일의 연속이다. 경제적 독립은 너무 멀리 있는 꿈이다. 다 지워질 흔적 따윈 필요 없다. 그저 인간으로서 기본적인 삶, 그게 필요하다.

귀한 자리에서 어떤 분이 '배신자'를 부르셨다. 그때, 왠지 모를 쓸쓸함이 스치면서 좋은 자리에서 내가 부른 수많은 이별 노래가 함께 떠올랐다. 얼마나 큰 실례였던가? 그보다 더 나빴던 건 헛소리, 쓸데없는 소리, 막말, 어처구니없는 행동… 한 번 뱉은 말은 도로 주워 담을 수 없으니 안타깝다. 지난 일은 돌이킬 수 없으니 어쩌겠는가? 후회해봐야 소용없기에 그딴 건 하지 않는다. 진짜 최선은?

우리 사회는 한 번 배신자로 찍히면 회복하기 힘든 구조다. 누가 옳은

지는 중요하지 않다. 혼자서 다른 견해를 밖으로 표시하는 순간! 바로 그 신자가 되는 것이다. 그 코드는 영원히 같은 결괏값을 보여준다. '모든 걸 뒤집을 수 있다는 자신감' 그걸 가진 자만이 갈 수 있는 길이다. 진짜 배신자라면 완전히 다르다. 잘못이 드러났을 때 솔직히 인정하는 게 낫다. 거짓말은 그 무엇으로도 극복할 수 없다. 어떤 동아리에서 입장이나 견해가 달라서 멀어진 거라면 배신과는 전혀 관계가 없다. 그냥 계약의 종료 또는 관계의 중단! 그건 누구의 잘못도 아니다.

문 앞에서 서성이는 거 모자란 거다. 두드려도 보고 초인종도 눌러봐야 한다. 준비가 어느 정도 돼 있어야 무슨 제안이라도 할 수 있다. 막상 문 열고 들어서도 나랑 맞지 않을 수 있고 너무 힘들어서 그만둘 수도 있다. 무슨 경우이든 우선 들어가야 한다. 그래야 다음이 있다.

맨 밑에서부터 시작해서 끝에는 최고 좋은 차를 타겠다는 마음이었다. 본인의 스타일과 지금 현실이 다르다면 여기저기서 문제가 생긴다. 둘을 맞추지 않으면 도드라져 보일 수밖에 없다. 모난 돌이 정 맞는 법이다. 균형이 맞아야 어디서든 적당히 묻어갈 수 있다. 있는 듯 없는 듯, 대충 중간에서 얼버무리는 거! 서민의 삶에 관한 방법 중 제일 괜찮다.

자꾸만 떠오르는 잡념, 분하고 억울했던 지난 일들, 기가 막히고 어처구니없었던 순간들, 왜 사라지지 않을까? 그 무엇도 되돌릴 수 없는데 뭘 어쩌겠다는 건가? 끝없이 붙들고 늘어지는 그 무엇, 이룰 수 없는 망상, 그래도 가끔 필요하지 않을까? 자신을 위로해 줄 작은 선물 같은 것! 아무리 시간을 지금 이 순간에 가져오려 해도 자꾸만 빠져나가는 교활한 녀석, 네놈은 대체 뭐냐?

어느 정육점에 들어가 아버님 기일을 맞아 소고기 한 접시를 상에 올리고 싶은데 만 원어치만 팔 수 있겠냐고 사장님께 말씀드린 적이 있었다. 그렇게 말하며 나도 모르게 살짝 떨면서 울먹였다. 그 말씀을 들으시고 사장님께서도 울컥하시면서 드린다고 하셨다. 그 순간의 왠지 모를 서러움과 북받치는 뭔가를 잊을 수가 없다. 소고기가 가진 의미! 그게 오히려 서민을 슬프게 한다.

인간 세상은 결국 저마다의 욕망이 부딪쳐 일이 벌어진다. 무엇이 되어 어떤 업적을 남길 것인가? 모든 사람이 무엇이 되어 모종의 업적을 남길 필요도 없고 그럴 수도 없다. 평범한 백성에게 역사적 소명이 있겠는가? 권력을 잡으려, 더 많이 벌기 위해 모든 것을 걸고 난리를 치다가 어느 날 문득 이게 다 뭔가 싶을 때 초월하려 들거나 초월자를 찾는다. 그것조차 관심 없을 수도 있다. 그게 진정한 초월이 아닐까?

'천국이 어디 있나요?' 이런 질문에 답하신 김수환 추기경님의 대답과 '기도를 어떻게 하는 건가요?'란 질문에 답하신 정진석 추기경님 말씀을 생각해보면 초월자를 찾든 내가 초월하려 하든 결국 결론은 같은 게 아닌가 싶다. 이건 철저히 잘 모르는 자의 짐작일 뿐이다.

성철스님의 1982년 부처님오신날 법어를 천 번도 더 읽었다. 이 우주의 모든 것을 관통하는 위대한 말씀이라고 생각한다. 어렵고 힘들 때마다 다시 가슴에 새긴다.

모든 것을 쏟아부은 뒤 담담하게 그 결과를 받아들이는 것이 진정으로 집착을 버릴 수 있는 길이다. 최선을 다하는 게 진짜 참 능력이다. 권위적이거나 허황한 것을 멀리하고 합리적이고 소박한 것을 추구하며 어설픈 모양새를 지양한다. 이 정도면 충분하지 않을까? 그러면 지금쯤, 아니 오래전에 변화와 만났어야 했다. 이미 너무 늦었다. 늘 여유 있게 프로젝트를 완료하는 사람들은 시간을 당겨쓴 뒤 남는 시간에 아이디어를 다듬고 충분히 마음의 여유마저 누린다고 한다. 부족한 자들은 언제나 모든 게 촉박하다. 게을리한 바 없고 정말 열심히 했다. 근데 왜, 맨날 모든 게 늦을까? 시계를 바꾸나? 달력을 바꾸나? 이제 인정할 때다. 그냥 능력 부족임! 이제 그 공간을 무엇으로 채울 수 있을지 보여줄 때다.

내 앞에 네 대의 모니터가 있다. (왼쪽에 과거: 좋은 일은 거의 없고 밉고 싫고 거지 같고 잊고 싶은 실수와 잘못, 헛소리, 쓸데없는 소리), (오른쪽에 미래: 터무니없는 계획, 이루어질 수 없는 일들, 상상), (내 정면에 지금: 엄혹한 현실), (그 위에 하나 더: 아주 살짝 바꿔보고 싶은 것들)

수험생을 빙자한 한량, 의문의 답을 얻음, 착각과 오해의 정정, 실패의 원인분석, 임의로 설정한 것들의 제자리 회귀, 임계점을 넘지 못한 가장 큰 이유는 그냥 남보다 부족한 것!

모든 일은 자신이 입증하는 거다. 될 수도 있었다가 아니라 되는 것을 보여줘야 한다. 보고도 믿지 않는 사람들은 신경 쓸 필요 없다. 떡 하나 더 줄 필요 없다. 아주 작은 변화의 조짐을 보일 무렵, 그들은 벌써 또 다른 시빗거리를 찾고 폄훼할 구실을 뒤지고 있다.

지난번 날린 Plan A! 너무 많아 언제 것인지 식별할 수 있는 표식이 필요하다. 그래도 왠지 복수로 적기는 싫다. 그냥 모두 묶어 하나로 통치고 싶다. 그런데 하나하나 살아서 내 안에서 꿈틀댄다. 다 될 수도 있었다. 그리 생각하는 자는 세상에 오직 한 명! 그때 그걸 했었더라면, 하지 않았더라면, 뭐 어쨌더라면… 우습게도 더는 증명할 길이 없다. 어쩌면 다행일지도 모른다. 이미 오래전에 링에 오를 수 있는 몸이 아니었다. 지금 진행하는 일들, 앞으로 진행할 일들… 그게 모두 성과가 있다 해도 지난 상처는 치유되지 않는다. 썩어 문드러진 생채기를 깨끗이 도려내도 흉터는 남는 법! 그저 우두커니 서서 말없이 흐르는 강을 본다. 슬프지 않다. 서럽지 않다. 부끄럽지 않다.

실패는 실패일 뿐 아무것도 아니다. 원래 난 아무것도 없었고 모든 면에서 실패한 Super Loser! Nothing and Nobody! 지금부터다.

본인이 맨 처음에 가장 원했던 일로 첫 단추를 채우고 그 일이 너무 잘 맞아 하루하루가 재밌고 신난다면 정말 최상이 아닐까 싶다. 첫 직장에서 특별한 우여곡절 없이 정년퇴직하고 여유롭게 말년을 보내면서 순위에 밀려있던 일을 해보고 이승을 떠나게 된다면 인생의 과녁 정중앙을 맞춘 셈이다. 하지만 그런 순탄한 삶을 살다 가는 사람들은 많지 않다. 힘들어도 견딜 수 있고 참을 만하면 주기적으로 재충전하면서 버틸 수 있다. 그런 차선도 쉽지는 않다. 계속 이리저리 밀리고, 세우는 계획마다 어그러지고… 실패하고 좌절하다 지치면 어느덧 늙고 병들어있다. 비록 삼류가 됐더라도 멈추지 말고 계속 다른 길을 찾아야 한다. 실은 살기 위해 멈출 수가 없다. 해보고 싶은 일이 있다면 조금씩이라도 준비해야 한다. 헛된 기대일 수도 있지만 진짜로 기회가 올 수도 있다.

　'첫 단추를 채우는 일'은 인생의 반 이상이다. 하지만 그만큼 중요한 게 '갈림길에서 어떤 선택을 하느냐?' 바로 그것이다. 이유와 방법이 뭐든 상관없다. 감각적 끌림이었든, 합리적 추론이었든, 착각이나 오해였든, 농담에 속아 들어선 길이었든, 심지어 동전을 던졌든… 그게 무엇이었더라도 결국 중요한 것은 최종적으로 받아든 결과다. 결과가 좋으면 쭉 그길로 가게 될 것이다. 아무리 그래도 끝없이 꽃길이 이어지진 않는다. 출구를 나오고도 유세를 부리면 보기 좋지 않다. 옛날에 갇혀 나오지 못하면 본인만 힘들다. 실망스러운 종이쪼가리를 받아들었을 때 그럴 리 없다고 끝까지 우기면 더 큰 화를 부른다. 집착하지 않고 욕심을 버리는 것은 포기가 아니다.

모든 선택에는 합리적 이유가 있었다. 다만 결과가 나빴을 뿐! 뭐라도 있어야 불안하지도 우울하지도 않은 법이다. 하루하루 버티는 삶, 이러다 쓰러지지 않을까? 이렇게 살아간다면 무슨 미래가 있겠나? 실패해도 또 도전, 온 힘을 다해 발버둥 치고 다시 실패, 그래도 또 도전, 다 바꾸는 거야, 멋지고 새롭게 다시 시작하는 거야, 근데 왜 시작이 안 되지? 어느 날 알게 되는 사실! 인생은 이미 오래전에 시작됐고 이제 거의 끝낼 때가 됐다는 것을… 더는 무엇도 될 수 없다. 그래도 또 도전하는 거야, 그냥 재미로, 길고 긴 준비, 수많은 시행착오, 착각과 실패, 드디어 여기가 시작점? 이건 그냥 짐작! 뜻을 펼치는 건 아주 잠시, 누림은 찰나, 행복한가? 도달해서 허무해지고 싶었는데 가정이라니 슬프다. 그저 이리 살다 가는 건가? 특별한 거 있나? 뭔 거 같아? 다 똑같아! 잘났다고 나대 봐야 인간이야, 훨씬 더 많이 사랑받고 뜻을 펼치고 누리는 분들도 있겠지만, 비교는 금물! 우린 대결한 적 없고 대결할 기회도 없을 것이다. 끝내 문을 열지 못하다니… 뭘 했어도 결과는 마찬가지였을 터! 같은 방법으로 백만 번 해봐야 결과는 상동! 대충 조건에 맞췄다면 지금 더 심한 고통 속에 있었을 것이다. 집착하지 않는다는 게 대강한다는 건 아니다. 정리 완료! 이제는 앞으로 가는 거다.

그 어떤 계획도 실현하지 못하고, 그 무엇도 되지 못하고, 스스로 당당하지 못하고, 사소한 뭐라도 즐겨보지 못하고, 좋은 사람들은 다 놓치고, 내가 필요 없는 사람들에겐 정리되고… 지금? 암울? 아무것도 아무도 없어, 뭐라도 있어야 더디게 늙고 심각하지 않지! 포기? 아직 살아있음, 또 새로운 목표를 세우고 도전, 그냥 재미로 해보기로 함, 그래도 희망이 있다면 한순간이라도 인간답게 살 수 있기를, 작은 것이라도 누려볼 수 있기를, 있는 듯 없는 듯 티 나지 않게, 빈민이라도 그저 그렇게라도 살 수 있기를… 작더라도 안정적인 주거, 적더라도 고정적인 수입, 그저 인간으로서 살 수 있는 최소한의… 우리에게 빈식 사회 주택은 꿈일까?

실패하면 비참하다. 비웃음 같은 건 전혀 상관없다. 연민 따위 개나 주면 된다. 아주 찬찬히 모든 걸 돌아본다. 새로운 길을 찾아 정말 다른 길로 가는 거다. 완전히 다른 방법으로 살아야 한다. 못다 한 꿈 그런 거 없다. 그저 결과가 없었을 뿐이다. 서러울 것도 분할 것도 없다. 내가 잡지 않은 사람들, 내 손 놓은 사람들… 잘살든지 말든지 관심 둘 필요 없다. 다 알아서 잘 먹고 잘산다. 또 새로운 계획을 세우고 실행해본다. 작더라도 기어이 뭔가 만들어낸다면 난 행복해질까? 어떤 뭐라도 될 수 있을까? 상황이 좋지 않아 어떤 제안도 하지 못했다면 그것도 다 인연이다. 맺어지지 않는, 묘하게 엇갈리는 그 무엇! 짜릿하게 설명할 순 없지만 뭔가 편치 않은 그럴만한 게 있었던 거다.

자유, 평등, 박애! 모두 중요하다. 어느 하나에 지나치게 악센트를 주면 그 프레임에 갇히게 된다. 필요에 따라, 때에 따라, 상황에 따라… 그 순간에 제일 잘 맞는 걸 꺼내 들면 좋지 않을까? 자유도 중요하고 평등도 중요하다. 뭐 하나 빠지는 게 없다. 맨 처음의 구조적 모순은 어쩔 수 없다. 얄미워도 공헌하는 게 있는 자들을 어찌하나? 되돌릴 수 있는 건 아무것도 없다. 가늠하기 힘든 could, 너무 많은 should, 아무리 생각해봐도 상책은 purple! gray 아니라 purple!

인간사 모든 문제는 음식 남녀! 거기서 벗어나는 것은 어디에도 없다. 그 베이스엔 식욕과 성욕이 있다. 결국, 돈이 있어야 욕망을 채울 수 있으니 만물의 영장은 돈? 끝없이 욕심을 부리면 영원히 완전하게 채울 수 없다. 마음을 비우면 채우지 않아도 부족하다 느끼지 않을 것이고 완전히 욕심을 버리면 채울 거 자체가 없을 터!

음식, 남녀, 식욕, 성욕! 인간은 그 이상도 그 이하도 아니다. 세상의 모든 문제는 그 욕망의 충돌에서 발생한다. 이 모든 걸 움직이는 건 결국 돈이다. 고로 만물의 영장은? 식욕과 성욕을 남김없이 채우고 끝없이 누리면 행복할까? 다 이루신 분들 부러워하고 싶은데 귀찮다. 평범한 시민에게 역사와 민족을 위한 특별한 소명이 있을까? 변하려 발버둥 쳐봤자 맨날 같은 자리를 맴돈다. 이제 붙들고 있던 모든 것들을 놓아야 할 때다. 멍에를 벗고 자유롭게 훨훨 날아야 한다. 버리는 거 아니고 잘 정리하는 거다. 하나씩 차근차근 예쁘게 놓다 보면 어느새 전부 다 사라진다. 그래야 원래 있어야 할 자리로 갈 수 있다. 누리지 못해 슬프고 억울한가? 오래도록 준비했는데 결과가 없어 서러운가? '어쩌겠나? 그리된걸!' 계속 똑같은 방법으로 다시 해봐야 결과는 같다. 그 피비린내 나는 준비가 삶이다. 아무것도 안 하고 가만있으면 아무 일도 안 생긴다. 살기 위해선 뭔가 새로운 것에 또 도전해야 한다. 성공해도 업그레이드하지 않으면 패배자와 같은 레벨로 들어선다고 하는데 그건 작은 프로젝트라도 이루고, 생각해야 한다. 변하지 않고 지금이 좋다면 그것도 좋다. 어쩌면 그게 가장 평화로운 삶이다. 모든 욕심을 버릴 수 있을까? 갖고 싶어 미치겠는데 아닌 척하는 건 위선 아닐까? 무소유의 삶을 살고 싶다면 우선 제일 슬픈 소유, 대출을 지워야 한다. 그런데 참 웃긴 게 이 녀석을 어렵게 내쳐도 금방 다시 옆에 와 방긋 웃는다.

자신의 참모습 발견하기, 손에 쥔 패 알아차리기, 자신만의 행복을 정의하고 찾아보기, 다른 사람들의 진심을 알고 받아들이기, 최대한 빨리!

아주 어렸을 때부터 지단이나 피구 같은 중원의 사령관이 좋았다. 득점을 돕는 날카로운 패스! 인생도 그렇게 살고 싶었다. 하지만 이제 더는 아니다. 절체절명의 순간 결승 골을 넣는 스트라이커가 될 것이다. 승부처에서 결승타를 날리는 클러치히터가 될 것이다. 그렇게 살아야 한다. 그래야 살 수 있다.

그 자리에 꼭 필요한 사람이 누구인지 알아볼 수 있는 능력! 그게 진짜 능력이고 리더가 갖춰야 할 덕목이다.

특정 시점으로 돌아가 처음부터 다시 시작해보고 싶었던 적이 있었다. 이제 더는 그렇지 않다. 그럴 수 있다고 해도 너무 귀찮다. 45억 년의 지구를 담고 있다가 다른 형태의 요소가 되는 날까지 남은 시간 좋게 잘 마무리하고 싶다. 그나저나 백색왜성이 되면 어떤 요소로 변할까? 계속 요소일까, 아닐까? 잠깐 궁금했다. 하지만 진실이 뭐든 지금 나에겐 중요하지 않다.

두드리고 두드린다. 끝없이 두드린다. 그러다 열리면 단 한 순간이라도 멋있을까? 그럼 행복한가? 꿈을 이룬 건가? 끝내 그 무엇도 이루지 못하면 불행한가? 아무리 미뤄도 결말은 반드시 보게 된다.

돈 몇 푼 가져다 입에 풀칠하면 금방 다 사라진다. 뭐라도 누렸으면 기억이라도 있을 텐데 어찌 그리 급한지 녀석은 기척도 없이 떠나버린다. 돈은 돈끼리 놀고, 돈이 돈을 부르니 내가 낄 자리는 없는 거 같다. 누구도 원망하지 않는다. 불편한 분들을 위해 내가 비키면 된다. 기다리지도 기대하지도 않는다. 슬픈 것도 서러운 것도 없다. 그리운 것도 없고, 보고 싶은 사람도 없다. 다 지나가면 그뿐! 처음엔 그냥 말이 그랬는데 지금은 진짜 그런 것 같다.

인생이 끝없는 선택의 연속이라고 하지만 사실상 선택의 여지가 없을 때가 많다. 갈 수 있는 길이 하나라면 멈출 것인지 참고 버틸 것인지 그 둘밖에 없다. 그게 무슨 선택인가? 아무것도 보이지 않는 어둠 속에 있을 때는 그저 다 관두고 싶은 게 인지상정이다. 그렇게 힘들다면 포기가 더 나을 수 있다. 그 길이 아닌 거다. '뭐 저런 사람들이 다 있나?' 싶을 때 특히 그렇다. 그 사람들이 날 다른 길로 인도하는 것이다. 그런 시기엔 목요일이 좋아진다. 그토록 기다리던 금요일 오후가 되면 문득 월요일 아침이 떠올라 슬퍼진다. 금요일 오후부터 일요일 저녁까지 따지고 보면 별것도 없다. 소소한 서민의 일상이 얼마나 소중한 것인지 고통스러운 시기를 지날 때 비로소 알게 된다. 이럴 땐 정말 비워야 살 수 있다. 그래야 다른 길로 들어서고 새로운 사람을 만날 수 있다.

내가 믿는 것이 절대 진리가 아니다. 믿는다고 절대 진리로 변하지도 않는다. 절대적 가치라고 믿는 것들을 다시 보면 그저 믿음일 뿐이다. 믿음이 바뀌면 다른 게 절대가 될 것이고 아예 사라지면 마치 거짓말처럼 절대도 사라진다. 절대인지 아닌지는 아무도 모른다. 절대 진리가 존재한다면 오롯이 그 자리에 변함없이 있을 것이다. 자기 맘대로 단정한다고 본질이 바뀌지도 않는다. 그냥 그것은 그 사람의 생각일 뿐이다. 이 말 역시 마찬가지일 터! 이 세상 그 무엇도 다 자기 갈 길을 가기에 타자가 완전히 다른 길로 인도할 수 없다. 어떤 일이든 무슨 일이든 내가 한 일의 책임은 나에게 있고 뭔가 이익이 있다면 그 권리도 나에게 있다. 잘못이 있다면 사과하고 용서를 빌어야 할 것이고 책임질 일이 있다면 당연히 그래야 할 것이다. 틀렸다면 바로잡아야 하고, 마음이 바뀌었다면 얼마든지 다른 선택을 할 수도 있다. 이 모든 일의 주체는 바로 나 자신이다.

세상 모든 일이 앞으로 어찌 될지 지금은 아무도 모른다. 하지만 고민하는 일의 경우의 수는 많지 않다. 아무리 시나리오를 길게 써봤자 적어 놓고 보면 별거 없다. 가장 확률이 높은 곳으로 갈 가능성이 제일 크다. 그럼, 그 판단을 믿고 가는 수밖에! 이 세상에 100은 없다. 다른 경우도 대비해야 한다. 아주 살짝이라도!

계속 실패하다 보면 어떻게 했을 때 실패하는지 알게 된다. 그걸 제거하면 성공할 수 있을까? 성공한 적이 없으니 그걸 알 수 없다는 게 함정!

에메랄드 하면 제일 먼저 '에메랄드빛 바다'라는 표현이 떠오른다. 지구 모든 생명의 근원인 바다에 가장 어울리는 옷처럼 느껴진다. 그저 색깔로만 보면 맑고 밝음이 하늘 끝에 닿은 에메랄드그린이 더 예쁘다. 그저 이름만으로도 선명하지 않은가? 보석 에메랄드는 내구성이 약해 생산과 공정 과정이 쉽지 않다니 이건 또 뭔 특징인가? 색이 맑고 투명한 옥색 빛 최상품 에메랄드는 다이아몬드보다 비싼 예도 있다고 한다. 가능성! 난 그게 좋다. 그게 현실로 되는 것을 입증하는 것! 그게 삶이 아닐까?

작은 파이를 나누며 살다 가는 게 서민의 삶인 것 같다. 중산층으로 도약을 시도할 것인가? 서민으로 사는 삶을 공고히 할 것인가? 변화를 꿈꾸며 이런저런 시도를 하다가 지칠 수도 있고 빈민으로 추락할 수도 있다. 난 지금 어디 서 있나? 나는 어떤 패를 받았나? 저항할 것인가? 순응할 것인가? 바꾸려 할 것인가? 맞추며 살 것인가? 돈 그딴 거 대충 얼버무리고 내가 택한 사람들과 좋은 관계를 맺으며 사는 게 진정한 행복일 수도 있다. 시민혁명 이후 왕을 대신한 부자와 권력자들의 전횡에 맞서던가? 노예가 되던가? 직설적으로 말하면 그렇다. 어떤 선택을 하든 그건 자유다.

정리되지 않으면 앞으로 갈 수 없다고 생각했었다. 다시 곰곰이 생각해보니, 내가 현실을 받아들이지 못하고 있던 거였다. 우선 무엇을 해야 하는지는 너무나 자명하다. '진작 좀 하지, 더 젊었을 때 했으면 좋았을걸!' 하지만 그때는 그럴 수 없었던 거다. 마주친 기회를 놓치지 않는 게 진짜인 거 같다. 민망하게 우당탕하다가 들어가는 것보다 충분히 연습한 결과가 나오는 맞춤 전술 골이 멋진 법이다. 모든 일은 필요한 조건들이 맞아떨어질 때 일어난다. 일어날 일은 아무리 막으려 해도 결국 일어나고 일어나지 않을 일은 그냥 내버려 둬도 일어나지 않는다. 성원과

격려는 힘이 될 수도 있겠지만 걱정과 염려는 별로 상관이 없다. 타이밍이 맞고 인연이 된다는 거, 그거 기막힌 거다. 계약이나 거래는 패가 맞아야 한다. Win-Win 그게 최상이다. 특별한 관계나 애정이 있어서 어느 일방에게 과도한 이익이 나도록 조작하면 언젠가 꼭 문제가 된다.

비상용으로 어딘 가에 AAA 건전지를 비치해 놓았다. 간혹 늦은 밤에 갑자기 배터리가 필요한 경우를 대비해서! 혈압계, 체온계, 산소 포화도 측정기… 누군가 그걸 사용했다면 채워 놓거나 아니면 사용했다고 말을 해야 한다. 이도 저도 하지 않는다면? 뭐 그럴 수도 있겠지만! 일이 안 되려면 꼭 그때 방전이 되고 상태가 좋지 않아 어찌해야 하는지 난감해질 수 있다. '별일 있겠어? 다음 날 아침에 상태를 살피면 되지!' 그러다가 좋지 않은 결과가 생길 수도 있다. 매우 드물지만, 그게 0은 아니다. 많은 변수가 여러 조건에 의해 상호작용 되도록 계속 단추가 눌러지면 뭔가 좋지 않은 결과가 실제로 발생할 수도 있다.

요즘 '힙하다'라는 말이 자주 사용된다. 고유한 개성과 감각을 지니고 있으면서 최신 유행에 밝고 신선하다는 뜻이라고 한다. 오랫동안 추구했던 정신인데 이게 한 단어로 표현된다는 것이 반갑다. 다만 영어에서 온 말이라 조금 아쉽다.

머리에 떠오르는 생각 중에서 불현듯 스치고 지나가는 기발하고 창의적인 아이디어를 잡아 구체화하면 인생이 바뀔 수도 있다. 온종일 분석하고 경우의 수를 검토하고 어쩔까 그러다가 다음 날 아침에 자고 일어나서 첫 번째로 떠오르는 생각! 그게 최고의 결론인 경우가 있었다. 분석과 직관의 조화! 거기에 계획을 입히고 실행하면 어떤 결괏값이 나온다. 그렇지 않다면 그건 아무것도 아니다.

유명인들과 전혀 뜻밖의 장소에서 단둘이 마주쳤을 때 아무런 티도 내지 않고 쓱 보고 그냥 지나가면 오히려 그분들이 당황한다. 실은 이미 스캔과 평가가 끝났다. 그냥 속으로 '예쁜데, 평범한데, 엄청나게 크네, 완전 몸 탱크 같아…' 그 이상 뭐가 필요한가?

뭔가를 사용하는 셋 정도의 방법이 있다. 첫 번째는 지금 내가 쓸 수 있는 것 중에서 최고 좋은 걸 쓰는 거다. 그럼 늘 최고 좋은 걸 쓰게 된다. 하지만 곧 바닥을 보게 될 수도 있다. 두 번째는 좋은 건 아껴두고 제일 싼 걸 쓰는 거다. 그럼 항상 최고로 나쁘고 후진 걸 쓰게 된다. 하지만 최후의 일인이 될 가능성이 크다. 아직 최고 좋은 게 남아 있다는 안도감은 덤이다. 세 번째는 요란한 궁리 끝에 상황에 맞는 최적을 선택하는 거다. 단순히 가성비를 따지는 것이 아니라 정말 꼭 필요할 때만 필요한 걸 쓰는 걸 말한다. 그러나 그런다고 부자가 되는 건 아니다.

엉킨 실타래가 있다. 어찌할 것인가? 첫 번째 방법은 그냥 놔두는 것이다. 그 상태 그대로 시간이 가면 모두에게 잊힌다. 두 번째는 아주 천천히 하나씩 정확하게 풀어보는 것이다. 많은 노고가 필요하지만 가장 정석이다. 세 번째는 그 부위를 확 잘라버리는 것이다. 좀 가혹하지만 확실하다. 엉터리같이 풀면 더 꼬이거나 결국 마구 쥐어뜯게 된다. 그럼, 모두가 불행해진다.

공으로 과를 덮을 순 없다. 공은 공으로 칭송하고 과는 과로 비판받아야 한다. 둘 중 하나만 적는다면 그건 심각한 왜곡이다. 막 섞어서 새로운 뭔가를 만들어내면 모든 것이 날아간다. 사실을 지우고 거짓을 갖다 붙이면 신뢰마저 무너진다. 바로 그 순간, 공도 함께 사라진다.

세상살이의 핵심 셋: 지금 얼마 있나? 그걸로 뭘 할 수 있나? 진짜로 뭘 하나?

정해진 운명 따윈 없다. 나 아닌 다른 존재가 내 삶을 결정하지 않는다. 누구도 날 도와주지 않는다. 오직 나의 선택 아래 계획과 실천 그리고 결과만이 있을 뿐이다. 들어갈 때와 나갈 때를 처음에 정해야 한다. 예상 못 한 일들이 발생할 수도 있다. 최악의 경우와 최상의 경우는 물론 모든 것들을 나열해 보고, 검토해야 한다. 변화는 언젠가 반드시 온다.

'TV쇼 진품명품'에 故 최헌 선생님이 출연하신 적이 있었다. 마지막에 함께 출연한 후배 가수한테 본인이 (그 프로그램에서 상품으로 준) 작은 장구를 칠 테니까 새로 들고나온 곡을 부르라고 하셨다. 자꾸 불러야 한다고 그러시면서 누군가의 눈치를 살피셨다. 특별한 반응이 없으니까 선생님이 장구를 치시고 후배 가수는 노래를 불렀다. 다시는 있을 수 없는 교양 프로그램의 멋진 엔딩이었다. 그걸 보며 살짝 눈물을 흘렸다. '나도 저런 멋진 선배가 되겠다.' 다짐하면서!

옛날에 사발농사라는 말이 있었다. 가깝게 지내는 분들 집에 가서 밥 한 끼 얻어먹는 거를 뜻하던. 그저 있는 찬에 밥 한 그릇 더 퍼서 수저와 젓가락 한 벌 더 놓으면 됐었다. 그게 다 정이고 그랬었다. 하지만 지금은 아니다. 식사 초대를 받은 게 아니라면 갈 일이 있다고 해도 될 수 있으면 식사 때는 피하는 게 예의라고 생각한다. 그리고 함부로 남의 집에 가는 것도 좀 그렇다. 코로나 팬데믹 이전에 있었던 우리 사회의 커다란 패러다임 변화다.

특정 세력을 노골적으로 옹호하는 기사만 접하거나 한쪽에 치우친 선동가들 말만 듣게 되면 자기도 모르게 객관성을 잃게 된다. 특정 당의 열렬한 지지자라면 자신이 속한 정파의 잘한 일은 과장하고 잘못한 일은 감싸주게 된다. 그게 어디 쉬운가? 어쩌면 그분들의 지향점이 훨씬 깊고 넓을 수도 있다. 권력을 잡기 위해 뭐든 서슴지 않는 것을 볼 때면 흠칫 놀라게 된다. 나라와 백성을 위해 좋은 정책을 펼치려고 그러시겠지만, 서민들이 볼 땐 결과가 좋을 때 누리는 이익과 권한이 너무 크다. 누구도 지지하지 않거나 누가 되든 상관없는 사람들은 누구라도 최종적으로 권한을 갖게 되는 분이 잘하시길 바란다. 특별히 무슨 기대가 있는 건 아닐 것이다. 티 나지 않게 아무 말 없이 가만있던 이런 사람들이 참다 참다 '정말, 이분들 안 되겠구먼!' 이런 식으로 돌아서게 만드는 일을 해선 안 된다. 균형추가 빠지면 직진을 할 수 없다. 그럼 나라가 어디로 갈까?

아무리 오래된 일이라도 역사학적 검증이 끝났다면 지금 우리에게 의미 있다. 물론 아직도 갑론을박이 계속되는 사건들도 있다. 해석이 다양할수록 매우 중요하거나 극적이다. 되돌릴 수 없는 역사적 사건들을 살펴볼 때마다 지금 난 어떻게 살고 있는지 생각해본다. 평범한 시민이 할 수 있는 일은 없지만, 발생하는 일을 맨 앞에서 가장 심하게 부딪쳐야 하기에 방심하면 안 된다.

물음표, 느낌표, 말 줄임표, 쉼표는 때론 완전한 문장보다 더 정확히 상황을 전달할 수 있다. 중언부언하지 않고 간결하고 명확하게 전송되는 진심! 그것이 바로 완벽한 결괏값이다.

평상시에는 그저 '내가 살 놈이면 살고 될 놈이면 되겠지!' 이런 마음으로 사는 게 좋은 거 같다. 그런데 지금 뭔가 진행 중이면 '살 수 있어, 될 수 있어, 할 수 있어!' 이렇게 붙어보는 게 더 낫다. 결과가 좋으면 그 길로 가는 거고, 아니면 둘 중 하나다. 다시 일어날 수 있으면 또 덤비는 거고 이쯤에서 관두는 게 좋을 것 같다 싶으면 다른 길로 가야 한다. 길은 하나가 아니다.

지금 누가 더 능력 있나? 문제는 바로 그것이다. 과거의 성공이나 실패로 지금을 평가할 수는 없다. 뛰어나신 분들이 꼭 일 잘하는 건 아니다. 과거에는 그저 그랬지만 지금은 많이 발전했다는 걸 입증하는 건 벅찬 일이다. 지금 뭘 할 수 있는지 증명하기가 제일 어렵다. 핵심은 바로 지금, 언제나 바로 지금이다.

예전에 알던 어느 이사님께서 이런 말씀을 하셨다. 1년 해본 사람은 10년 한 사람을 이길 수 없지만 5년 한 사람은 이길 수 있다고… 난 이걸 이렇게 이해한다. 초보자는 베테랑을 이길 수 없지만 감 잡은 사람은 넘을 수 있다고… 소질과 능력에 따라 중견으로 성장하는데, 걸리는 시간이 다르다. 일단 자리 잡으면 무시할 수 없다. 한 분야를 오래 하다 보면 지겹기도 하고 잘못된 관행도 용납하기 쉽다. 체력적인 문제도 무시할 수 없다. 그래서 영원한 1등은 없는 법이다.

시간이 흐르면 모든 일이 추억이 된다. 고이 접은 곱디고운 사연이 많으면 행복했던 걸까? 분하고 억울한 일들이 많으면 슬프고 불행한 사람이었을까? 모든 것들이 과거형이 되면 어떤 의미일까? 세상을 살다 간 수많은 평범한 사람들을 내가 모르듯, 나 역시 그렇게 소멸할 것이다. 역사에 큰 흔적을 남겨서 존경받으면 그 발자취는 영원한 걸까? 어떤 경우에도 지울 수 없다면 끝없이 재평가되고 재해석 되겠지만 그저 그러면 역사 시험 볼 때 수험생들이 억지로 외워야 하는 정도 아닐까? 그래서 그 모든 상이, 상이 아닌 걸까? 지금 내 앞에 있는 상은?

어려운 일을 겪을 때 여러 가지로 준비되어 있으면 운까지 따른다. 위기를 잘 넘겼을 때 칭찬하는 사람은 없지만 잘못하면 다 덤벼든다. 원래 그런 거다. 누군가에게 불편한 사람이 되면 안 된다. 쉽게 보이는 것은 더 나쁘다. 불편한 사람과의 관계 설정? 아직 모르겠다. 어딘가 꼭 가야 할 곳에 가다가 우연히 들르게 된 곳! 우연을 가장한 방문? 그게 뭔가 큰 변화를 가져올 수도 있다. 내 글이나 말을 다른 사람들이 이해할 수 없다면 내가 아직 잘 모르는 거다. 그것에 관하여…

이 세상에 100은 없다고 본다. 99.99… 그러니까 0.01의 가능성은 언제나 있다. 하지만 발생했으면 100이고 그렇지 않다면 0이다. 이기면 100이고 지면 0이다. 0이 얼마나 슬프고 비참한 것인지 겪어보지 않은 사람은 모른다. 패배자로 산다는 건 정말 견디기 힘든 고통이다. 놓는다는 건 포기하거나 아무렇게나 버려두는 게 아니다. 집착하지 않는 거다. 끝없이 다른 길을 찾는 거다. 확고하고 올곧게 자신의 길을 가는 건 쉽지 않다. 원래 없거나 어딘가에 감춰져 있는 걸 꺼내 드는 건 어려운 일이다. 그래서 Plan B가 있는 거다. 확고한 자신만의 신념을 굽히지 않으면 섞이기 어렵다. 여기저기서 왼손 잽을 날린다. 그럴 땐 과감히 빠지는 것도 답이다.

의미 있는 일, 의미 없는 일, 할 수 있는 일, 할 수 없는 일, 해야 할 일, 하지 말아야 할 일, 일일일…

할 일, 할 수 있는 일 다 했으면 됐다. 임계점을 넘지 못하는 것, 그게 바로 실력이다. 그냥 능력이 부족한 거다. 끝없이 똑같은 방법으로 똑같은 것에 도전하면 결과는 항상 같다. Plan B는 언제나 New Plan A! 원하는 결과, 목표 달성의 방법, 일정… 맨 처음에 최후의 보루와 출구를 봐 두어야 한다. 너무 구체적이고 촘촘하면 쫓기게 된다. 끝없이 살길을 찾는 것, 포기하지 않고 또 다른 길을 찾는 것! 그건 아직 살아있다는 뜻이다.

근본적이고 결론적인 질문에 대한 대답으로 Yes or No, Go or Stop! 그 이상은 있을 수 없다. 단, 검토는 빠르고 정확하게, 오차 없이 치밀하게! 덮을 건 덮고, 밝힐 것은 밝히고, 버릴 것은 버리고, 지킬 것은 지키고!

한 발, 한 발 앞으로 가는 거다. 아무리 힘들어도 비굴하지 않게 거짓되지 않게! 자존심 따윈 만고에 쓸데없다. 지금 가는 길이 나의 길이다.

채널을 돌리다가 어딘가에서 잠깐 멈췄는데 출연자가 말하길, 남자는 여자에게 "좋았어?"가 아니라 "어땠어?" 이렇게 물어봐야 한다고 했다. 그럴듯해서 웃었다. 어르신들이 흔히 하시는 말씀 중에 이런 게 있다. "

옛날에 다 그렇게 했어!" 매우 옳지 않은 말씀이다. 옛날에 그리 했다고 해서 지금도 그럴 수 있는 건 아니다. 지금은 지금이지 옛날이 아니다.

같은 영화나 드라마를 여러 번 보는 경우가 있다. 여러 번 봐도 새롭고 곱씹게 되는 작품! 처음엔 안보였는데 다시 보면 보이는 것들! 볼 때마다 멋진 대사와 탄탄한 구성에 감탄하고 공감하게 된다. 간혹 영상이 멋질 때도 있는데 마치 카메라로 그림을 그리는 느낌? 영상만 그렇다면 지나치게 잔혹하거나 찐하거나 그럴 수도 있다. 하지만 이런 게 뇌리에 더 강하게 남는다. 다시 봐도 항상 더 깊이 감동이 오는 작품! 그런 걸 고전이라고 하나?

여러 경우의 수를 기반으로 이런저런 시나리오를 만들어 본다. 그리고서 발생할 수 있는 사건과 진행 상황을 예측해본다. 사실 그 안에서 거의 모든 일이 진행된다. 확률적으로 높은 쪽에 무게가 실린다. 본인이 기대하는 쪽으로 기울어진 설계는 무의미하다. 하지만 그런 꿈을 드러내지 않고 마음속에 품고 있으면 에너지가 될 수도 있다. 나쁠 거 없다. 치열하게 현실을 살면서 그런 거 하나쯤 품고 있다고 잘못될 것도 없다. 단, 현실과 망상을 구분할 수 있어야 한다. 지나치게 많은 조건이 계속 참이 됐을 때 발생하는 일은 현실에서 일어나기 어렵다. 망상을 입은 헛된 기대는 그 무엇도 아니다.

표현하지 않는다면 다른 사람이 절대 내 마음을 알 수 없듯이 아무리 좋은 분석을 해놓아도 실천하지 않으면 무의미하다. 막상 부딪혀보면 그냥 머릿속에 있었을 때와는 완전히 다르다. 실제는 상상과 다르며 전혀 예상하지 못했던 일이 벌어지곤 한다. 그게 진짜다.

화염병, 돌, 최루탄이 난무하는 전쟁 바로 직전! 그 마지막 순간까지 바로 옆 테니스장에서 운동하던 분들이 계셨다. 그 당시에는 정말 이해할 수 없었다. '어떻게 저럴 수가 있을까?' 그런 마음이었다. 지금 다시 생각해보니 그때 이미 우리 사회는 다양성을 가지고 있었다는 생각이 든다. 어떤 상황이든 그냥 자기 인생을 사는 사람들! 좀처럼 속마음을 드러내지 않는 사람들은 더 무섭다. 침묵이야말로 생산적이라고 하지 않던가? 어느 고전에 작은 것일수록 보이고 감추려 할수록 드러난다는 말이 있다. 역설은 참으로 재밌는 녀석이다.

변하지 않으면 존재할 수 없다. 영원? 그런 건 원래 없다. 모든 일이 너무 빠르고 부질없고 헛되지만, 그 속에 나를 바로 보고 받아들이면, 그만큼 나에게 맞는 삶을 살 수 있다. 무엇을 이루고 갈 것인가에 악센트를 두면 삶은 늘 초조하고 고통스럽다. 작은 것, 자기 주제에 맞는 것을 선택해도 그것조차 지키지 못하는 사람들이 대부분이다. 그 삶은 가벼운가? 함부로 남의 삶에 "왜, 그렇게 힘들게 사느냐"고 말하는 것처럼 경망스러운 게 없다. 가느다란 삶, 갈 길 먼 초행길, 가장 기본적인 거라도 한다는 게 참 쉽지 않은 것이다. 밥 굶지 않고, 빚지지 않고, 남에게 아쉬운 소리 안 하고… 그게 말처럼 쉬운가?

머릿속에 있는 모든 생각은 그냥 상상, 공상, 망상… 뭐 그런 것들이다. 실천하지 않으면 아무것도 아니다. 계획이라고 생각하지만, 알고 보면 그냥 머릿속에 있는 그 무엇! 아무 일도 안 하면 아무것도 없다. 아무것도 없으면 아무 일도 할 수 없다. 뭐라도 어떻든 시작해야 한다. 그럼, 뭔가 보인다. 뭘 해야 할지, 어떻게 해야 할지… 보이는 게 내 길이다. 계획 없이 뭔가 행동해도 괜찮다. 본시 계획대로 되는 일은 어디에도 없다. 언제나 예상하지 못했던 일들이 벌어진다. '현재 상황을 내가 어떻게 끌고 가느냐?' 그게 중요하다. 결국, '순발력 있게 잘 대처하는 것!' 그게 핵심이다. '지금, 이 상황에서 어떻게 하는 게 맞는지 정확히 파악하고 적절하게 행동하는 것!' 그게 정리된 마지막 문장이다.

어떤 일이 발생해야만 진행되는 일이라면 그다음 거기 꿰어 있는 모든 것들은 무의미하다. 쓸데없는 기대는 만고에 쓸데없다. 가지 않은 길과 함께 지워야 할 대상은 과감하게 잘라내야 한다. 뭘 해도 어느 정도는 아쉬운 상황이 나올 수밖에 없다. 선택한 일에 모든 것을 쏟아붓는 거 그게 진짜 능력이다.

[흡연에 관하여] 이번이 네 번째 일 년 이상 금연이다. 2007년 2월 7일 이후! 그 무렵 몸의 심각한 변화를 느꼈었다. 끊었다가 피기를 거듭할수록 다시 끊을 때 힘들어진다. 2년 6개월 정도 끊었다가 다시 물었

을 때, 어제도 핀 것 같아 당황했었다. 결국, 앞선 세 번의 경우와 달리 보건소 금연프로그램의 도움을 받았다. 하루에 두 갑 반 정도 피는 흡연자였을 때 한 달가량 시골에 살았던 적이 있었다. 그 마을은 가게라고 해봐야 가정집 거실에 정말 기초적인 생활용품을 파는 곳이 유일했고 버스는 하루 네 번 들어왔다. 분명 한 갑 더 있다고 생각하고 있다가 그렇지 않음을 안 것이 밤 10시 무렵이었다. 그 집 문을 두드릴까 하다가 고사리 같은 손으로 나에게 담배를 건네던 아이를 깨울 수 없었다. 담배 한 갑을 사러 차를 몰고 거의 서울 다 와서 어느 휴게소에 들러 겨우 뜻을 이뤘다. 훗날 보니, 대로변까지 나와 방향을 읍내 쪽으로 했었다면 아무 편의점에서나 살 수 있었다. 그때만 해도 지금 같은 첨단기기들이 없던 시절이고 내 차엔 지도조차 없었다. 흡연자들은 이 상황을 이해할 수 있으리라 생각한다. 돌이켜보면 참 우스운 일이었다. 담배를 끊으면 술이나 커피가 늘어난다. 하루빨리 이런저런 것 없이도 살 수 있길 빌어본다.

클래식 작곡가 중에 좋아하는 사람이 있냐고 누가 물으면 난 스트라빈스키, 무소르그스키, 구스타프 말러 정도 얘기했었다. 그들을 좋아하긴 하지만 내 마음속엔 차이콥스키가 제일 강하게 있었다. 그런데 너무 유명해서 없어 보인다고 할까? 그런 걸 허세라고 한다. 어느 잠 못 드는 여름밤, 어떤 연주자가 TV 강의에 출연해서 우리나라 클래식 애호가들의 최고 인기 작곡가가 차 옹이라고 해서 놀랐다. 이분의 성향이 우리네 스타일과 딱 맞는다고 한다. 지르고 나서 최고의 순간에 한 번 더 지르는 느낌! 그때 알았다. 내가 딱 대한민국 평균 수준의 동네 아저씨라는 것을! 2016/07/16

있는 자에게 비굴하지 말고, 없는 자에게 나대지 말아야 한다. 천하다고 쫄 거 없다. 그냥 내 갈 길 가면 된다. 아무리 뛰어나고 돈 많고 예뻐봤자 언젠가 다 죽는다. 조폭 흉내 내는 동네 양아치 집단은 피 흘리지 않아도 저절로 무너진다. 정신병자를 만나면 비켜야 한다. 비킬 때 잘 비켜야 한다. 그래야 알아서 엄한데 꼬라박는다. 뒤질 랜드 저주하면 안 된다. 그러다 다음에 또 거기로 간다. 2016/09/23

시내버스 운전사와 대각선으로 맨 뒤 창가 쪽 좌석은 내가 제일 좋아하는 공간이다. 누가 그 자리에 앉아 있으면 살짝 화난다. 보면 나랑 비슷한 취향을 가진 자들이 간혹 있다. 궁리 중인 사안을 선택지로 만드는데, 최적의 장소! 최종결정은? 단, 저상 버스만! 2016/11/06

옛날에 어느 회의에서 누군가 보고를 했다. 그때 보고를 받으신 제일 높은 분이 그 자리에서 서류를 확인하시고 어디다 전화까지 하신 뒤 "넌 인마, 바로 들통날 거짓말을 하냐?" 그러시면서 화내셨다. 그 순간 난 의문이 생겼다. '즉시 드러나지 않는다면 허위로 보고해도 된다는 건가?' 나중에 보니까 비슷했다. 별거 아닌 건 그냥 넘기셨지만, 확실히 잘못한 것엔 자비가 없으셨다. 잘못이 있어도 끝까지 '내 새끼' 챙기는 스타일은 아니시다는 말씀. 그러니까 이분에겐 소위 '측근'이라는 개념은 없었다. 기준은 오직 하나, '실적!' 있는 그대로 말씀드리고 성과까지 좋은 사람을 예뻐하셨다. 그런데 그런 사람은 동료들이 경계한다.

'사실'이란 있는 그대로의 현상이며 그 자체가 객관적이고 공정하다. 반면 '해석'은 그런 '사실'의 의미를 이해하고 판단하는 것이다. '사실'은 오직 하나만 존재하지만 '해석'은 여러 갈래가 있을 수밖에 없다. 그 누구의 '해석'도 절대 진리가 될 수 없다. 때론 매우 주관적인 개인의 견해에 그칠 수도 있다. 두 사람이 '사실'을 다르게 말한다면 둘 중 하나는 거짓임이 분명하다. 사랑은 둘이 했어도 추억은 다르게 적힌다고 하지 않던가? 그것은 너무나 당연한 일이다. '해석'은 하나일 수 없기에! 사실: A와 B는 무슨 말도 나눌 수 있는 매우 친한 사이다. 단, 만나면 항상 술을 마신다. 그런데 B에 이성 친구 C가 생겼다. B가 먼저 이런저런 상의를 하기에 A는 거리낌 없이 B를 걱정하는 마음으로 C에 관해 얘기했다. C가 어느 날 A에 찾아와 울면서 항의했는데 A가 B에 했던 말을 정말 토씨 하나 안 빼고 B가 C에 그대로 전한 것이다. A는 B와 멀어졌다. 먼 훗날 A의 말들은 모두 그대로 실현됐다. 해석: A는 나름 좋은 충고라고 생각하여 친구를 위해 말했지만, C에는 악랄한 모함일 뿐이다. B가 참새 주둥이인 것은 중요하지 않다. 술친구와 친구는 동의어가 아니다. 술친구를 술친구라 하면 전혀 문제없다. 얼마나 좋은가? 동틀 때까지 나눈 수많은 술잔이야말로 삶의 가장 아름다운 추억이다. A 입에서 나온 모든 말들은 무조건 A 책임이다. 남의 연애에 그 어떤 방식으로든 끼어드는 게 아니다. 사실: D와 E는 정말 친하다. 그런데 많은 사람이 D에게 E 같은 사람과 어울리지 말라며 D가 너무 안타깝다고들 한다. D는 이해할 수 없다. 사람들이 왜 자기의 소중한 친구를 욕하는지! 그러나 그 후 긴 세월 동안 E의 여러 수작으로 D는 타격을 입는다. 10년 뒤 D와 E는 갈라선다. 해석: 그 누구도 일방적으로 다른 사람을 망가뜨릴 만큼 위대한 능력을 갖춘 자는 없다. 망가질 사람들끼리 만나 망가짐을 완성할 뿐! 하지만 더 나쁜 자가 있는 것은 분명하다. 그런 사람들은 친구라는 이름으로 끝없이 용서해도 끝없이 배신한다. 사람은 절대 변하지 않는다. 세상에 남은 사람이 단 하나라도 만나면 안 되는 사람이 있다. 그런 자들은 일반적으로 셋 정도의 나쁨의 유형이 있다. ① 상황에 따라 살짝살짝 거짓말하는 사람들: 이거 좋지 않다. 하지만 그냥 웃어넘길 수 있는 것들도 있고 뭐 대충 봐줄 만하다. 상갓집 간다고 했는데 사실은 동창회! 물론 그게 클럽이면 좀 다르다. ②조금 큰 거짓말: 자기가 건물주라고 했는데 실은 아니라면 이런 자들은 대개 사기꾼이다. 하지만 그 정도는 등기부만 확인해도 가볍게 알 수 있고 명백하게 진정 서류로 입증되는 문제다. 그런데도 알아보지 않은 채 그냥 쉽게 믿고 경제적 피해까지 봤다면 분명 그런 분들에게도 과실이 있는 것이다. 매우 계획적이고 조직적인 뭔가가 있다면 그건 평면을 달리하는 문제다. ③제일 나쁜 것: 앞에서는 친구라 하고 뒤에서는 있지도 않은 일까지 만들어 비웃고 다니는 분들! 이런 분들은 단순한 거짓말쟁이가 아니다. 그러나 그런 분들도 할 말은 있다. 상대방은 기억조차 못 하지만 상처받았거나 모욕감을 느낀 적이 분명 있었을 것이다. 그러니까 그 정도의 거짓말과 모함이 정당하다고 느끼는 것이다. 이래서 관계 맺기가 힘든 것이고 영원히 답이 없는 것이다. 지행합일, 이 상황엔 어찌 적용되어야 하는지? 2018/02/04

점괘가 맞을 확률은 50%다. 맞든 안 맞든 둘 중 하나일 터! 점괘는 미래를 보여주지 않는다. 그 점괘를 대하는 태도를 통해 내 마음을 알게 될 뿐! 좋은 점괘가 나오면 기분이 좋아지고 확신이 생긴다. 그건 좋은 결과를 가져올 수 있는 보조제가 될 수도 있다. 안 좋은 점괘를 접했을 때 오기가 생긴다면 점괘와 관계없이 더 큰 의지로 나아갈 것이다. '아닌가?' 그런 의문이 든다면 자신이 없거나 준비가 덜 된 것이다. 미리 미래를 말해주는 자가 있다면 (난 아직 그런 자들을 직접 보지 못했지만) 쓸데없는 짓을 하는 것이다. 결국, 먼저 알아봐야 아무것도 바꿀 수 없다. 그럼 그걸 어디다 쓸까? 2018/02/17

점을 왜 치나? 점으로 알 수 있는 건 미래가 아니라 내 마음이다. 좋은 괘를 받아 기분이 좋으면 진행하는 거다. 그럴수록 진정해야 한다. 흥분을 가라앉히고 침착하게… 나쁜 괘를 받고 아닌가 싶다면 확신이 없는 거다. 그럼 서는 게 좋다. 나쁜 괘를 들고도 오기가 생긴다면 결국 진행할 것이다. 조심하라는 뜻이지 안된다는 게 아니다. Good Luck! 역시 제일 좋은 건 점 따위는 보지 않는 것.

주어, 목적어, 서술어의 어울림! 다시 말해 누가 무엇을 어떻게 한다는 것인지가 핵심이다. 주어와 달리 목적어가 없다면 그것은 중대한 오류이거나 의도적으로 드러내지 않으려는 뭔가가 있다. 2018/03/22

건물 전체가 독서실인 **동 독서실에 있을 때였다. 엘리베이터에 포스트잇을 붙여 서로의 생각을 교환했는데 나도 해본 적이 있었다. 내용은 화장실에 욕실화가 있는데 개인 실내화를 신고 그대로 들어가는 분을 비판하는 것이었다. 휴게실에서 두 남녀가 내 의견에 대해 논하는 것을 들었다. 여자분은 내 의견에 찬성이었지만 남자분은 "방에 가서 양말 갈아신으면 되는 거 아냐?" 이러는 거였다. 난 실원들이 100% 동의할 거로 생각했었다. 이견이 있는 것에 놀랐다. 사소한 일이지만 잊히지 않는다.

아주 오래전 경복궁역에서 하는 동양화전시회를 갔었는데 아주 마음에 드는 작품이 있었다. 가격은 10만 원이었는데 살까 말까, 한참을 고민하다 접었다. 그때 그 느낌을 지금까지 어떤 동양화에서도 받지 못했다. 어느 화가 작업실에 가서 2천만 원 부르는 작품도 봤지만, 그냥 그랬다. 그날 유독 느낌이 충만했을까? 그날 배를 타고 영종도에 갔었는데 참 감흥 없는 동네였다. 하지만 공항이 만들어지면서 그곳에 땅이 있던 분들이 적게는 수십억 많게는 수백억을 받고 나오셨다니 참으로 알 수 없는 게 미래다. 몇 년 전 어떤 전시회에 갔다가 확 끌리는 작품이 있었는데 가격을 물어보지는 않았다. 아무리 생각해봐도 거실에다 걸기에는 무리였다. 블랙톤의 상반신 여성 누드화였는데 알 수 없는 그 묘한 표정이 지금도 아련하다. 운동화 사러 가는 길에 셔츠를 전문적으로 파는 매장을 지나다가 눈에 확 들어오는 게 있어서 들어갔다. 왼쪽에 자수한 게 마음에 들어서 가격을 물어봤더니 좀 너무했다. 이유인즉슨 그게 손으로 한 것이며 딱 그것만 당일 들어온 신상이라 그렇다는 것이다. 내가 그 많은 셔츠 중에 단 하나의 신상을 알아보다니! 1년 뒤 다른 옷을 사러 다시 갔었는데 Shop Master가 나를 기억했다. 그것을 여름까지 갖고 있다가 균일가 쳤었다면서 한 번 더 들리시지, 그랬냐는 것이다. 아직도 그 디자인이 내 맘속에 남아 있다. 인연이 닿지 못한 아름다운 셔츠여!

재벌들의 징역 3년 집행유예 5년, 그냥 놔둘 수는 없고 그렇다고 가둘 수도 없다. 서민들이 아무리 발버둥 쳐봐야 변하는 것은 아무것도 없다. 뭐라도 돼보려 꿈틀대다가 그 무엇도 될 수 없다는 사실을 인정하고 받아들이는 과정이 서민의 삶이 아닐까 싶다.

몇 주 전 확인할 것이 있어 **동에서 **동까지 골목길을 걷다가 광진교 남단 천호지구대 앞 건널목을 건넜다. 그러니까 거기는 내가 일곱 살 때 들어가 열 살 무렵까지 살던 집이 있던 곳이다. 희미하지만 동네 친구들과 그 좁은 골목에서 축구를 하던 기억이 났다. 쭉 돌아보다 왠지 익숙한 느낌의 단층집이 있었는데 설마 그 집이 아직도 원형을 보존한 채로 있을 것 같지 않아 그냥 지나쳤다. 어제 문득 생각나 어머니께 로드뷰를 보여드렸더니 바로 맞다고 하시며 놀라셨다. 아무튼, 그 골목에 살며 **초등학교를 2학년까지 다녔었는데 문구 거리를 나와 주꾸미 골목 근처를 지나가는 게 내 등굣길이었다. 학교 끝나면 풍납토성 위에 올라 쥐불놀이하고 메뚜기 잡고! 무엇보다 가장 잊을 수 없는 기억은 **** 개통일이다. 아름답고 찬란했던 새까만 아스팔트와 멋들어진 가로등! 아쉽고 슬프지만 이제 그 추억의 폴더 속성에 숨김을 매기고자 한다. 2019/07/22

가끔 주머니에 동전이 생긴다. 10원짜리가 섞여 있으면 마트 계산원에게 동전을 없애겠다고 양해를 구한 뒤 넘기고 나머지는 카드로 한다. 100원짜리만 있으면 가진 지폐와 동전을 잘 계산해서 금액을 맞춘 후 원하는 물품을 구매해 잔돈을 없앤다. 그렇게 없어지는 자잘한 것들이 나를 상쾌하게 한다. 왜일까? 제일 좋은 건 동전 자체를 만나지 않는 것이다.

술 마신 뒤, 때로는 노래를 듣고 싶을 때가 있다. 그럴 때 마지막으로 듣는 곡이 '그리운 금강산'이다. 최영섭 선생님이 라디오 방송 진행하실 때 하시던 말씀이 어제 들은 것처럼 너무 생생하다. 조수미 버전은 압권이고 사람을 놀라게 만드는 것은 Aida Garifullina! 북쪽에 금강산과 개성을 내준 것은 천추의 한이 되는 일이다.

'역사저널 그날' 85회에서 동학농민운동을 다뤘다. 방송 끝부분에 진행자가 많은 눈물을 흘렸는데, 무척 공감했다. 백성은 왜 수탈당하면서 조국을 지키려 하는가? 외세 편을 들지언정 백성을 죽이려는 세력! 조병갑 같은 자! 이런 역사적 사실에 난 어떤 감정을 가져야 옳은가?

아주 옛날엔 주말의 명화가 최고의 문화생활이었다. 일주일을 오직 그것만 기다리며 살았다 해도 틀리지 않는다. 그 당시 다른 콘텐츠와는 차원이 다른 서사가 있었다. 하지만 늘 그렇듯 영원히 똑같지는 않다. 길고 긴 겨울밤, 화롯불에 인절미를 구워 조청에 찍어 먹는 거 만큼 맛난 게 없었다. 밑으로 떨어져 재가 묻으면 훌훌 털고 먹었다. 재는 나라님도 드신다며… 그 시절이 그립지 않다. 그런 적이 있었을 뿐이다. 일사 후퇴 때 날 봤다는 사람도 있다. 하지만 난 그자를 모른다. 당연하지, 난 그때 이 세상에 없었으니까! 할아버지에 할아버지쯤 올라가면 조선 최고의 개혁 군주 정조대왕이 나온다. 그분의 치적과 백성을 생각하는 마음은 하늘에 닿는다. 하지만 결국 조선의 왕이었을 뿐이다. (의도하지 않으셨지만) 안타깝게도 세도정치를 부른 것도 그분이다. 기생이 모든 것을 결정하는 세상, 최악의 빌어먹을 세상, 지금은 그때와 얼마나 다른가? 나아진 건가?

조선 시대 임금 중에 누가 제일 나쁜가? 선조인가? 인조인가? 연산군은 논쟁의 대상이 될 수 없다. 존경하는 어느 교수님께서는 몽진의 횟수로 결론을 내리셨다. 짐작건대 축적된 연구 결과를 일반인들이 공감하기 쉽게 그리 연결하신 게 아닐까 싶다. 사실 뒤에서 일등이 누군지 굳이 가릴 필요는 없다. 지금 우리 기준으로 보니까 분노하는 것이지 당시 그분들은 자기들이 잘하고 있다고 생각했을 것이다. 모든 시대를 관통하는 묘한 일치점이 있다. 절대 권력을 가진 자들은 오직 자기들만 옳다. 거기에 반대하는 자들은 모두 역적이고 뭘 모르는 개돼지들이다. 저항하는 자들을 무자비하게 밟아도 그게 다 그들의 조국을 지키는 것이다. 하지만 상황에 맞춰 나라와 백성을 위해 최선의 정책을 펼친다 해도 시간이 흐르면 다 엎어져 버린다. 주변 강대국에 휘둘리고 위기는 끝없이 계속되고… 온갖 일들이 일어날 때마다 별의별 자들이 나서 각자의 이해관계에 맞게 덧칠한다. 피가 거꾸로 솟아도 그저 헛웃음 말곤 별다른 수가 없다. 지금보다 엄청나게 힘든 세상을 살다간 백성들은 어떤 마음으로 하루하루 버텼을까?

[이런 말을 할 수 있다면?] ①우리 조선 민족의 적통 계승자 대한민

국은 이 세상 그 누구도 이길 수 있습니다. (하지만 반대로 누구에게라도 질 수 있다는 건 함정) ②저같이 천한 사람이 오직 행운만으로 돈을 벌고, 나라에 적지 않은 금액을 세금으로 낼 수 있게 되어 큰 영광입니다. 좀 괜찮은 시민이 돼보겠습니다. ③상식적으로 말이 되어야 합니다. 원칙을 바로 세워야 합니다. 예외가 있다면 이유가 명확해야 합니다.

백성을 살리려는 것이 아니라 우주의 질서를 바로잡으려 하는 것 같다. 그런 마인드가 아닐까? 대체 누가 그런 권한을 줬나?

요즘 동네병원을 가보면 예전보다 어르신들의 비율이 높아졌음을 체감한다. 물론 나이가 많으면 아픈 곳도 많지만, 종합병원도 아니고 의원에서 환자로 대기하는 사람들의 비율이 달라졌다는 것은 고령화가 이미 우리 앞에 와있다는 뜻이다. 벌써 이 정도면 앞으로 어떻게 될지 걱정이 아닐 수 없다.

두 곳을 거쳐 오후 5시 30분까지 최종 목적지에 도착해야 하는 일이 있었다. 모두 가까운 거리긴 했지만, 오후 4시 13분에 버스를 타고 출발하였기에 넉넉지 않았다. 얼마 지나지 않아 한 정류장에 정차하기 직전, 앞문 바로 앞 높은 자리에 앉으셨던 할아버지께서 차가 완전히 정지하지 않았는데 지팡이를 짚고 일어서시다가 뒤로 넘어지셨다. 버스 안 승객들이 모두 놀라고 운전기사는 "그러니까 그 위에 올라가지 마시라고 했잖아요! 괜찮으세요?" 그렇게 다급하게 물었다. 그러나 어르신은 대답이 없으셨다. 기사님이 할아버지 내려 드리고 바로 앞에서 정확하게 본 아주머니의 전화번호를 받았다. 옛날 기준으로 보면 기사님도 노인이고 넘어지신 어르신은 더 연세 높으신 노인이다. 앞쪽에 앉아 있던 승객들도 최소한 모두 중년 이상이었다. 어르신이 괜찮으신지 걱정스럽기도 했지만, 다른 한편으로 오늘 일을 전부 망치는 게 아닌가 하는 염려 역시 있었다. 그렇게 지체하다가 버스가 다시 출발했는데, 창밖을 보니 할아버지께선 지팡이를 짚고 잘 걸으셨다. 나중에 어떠실지 모르겠지만… 우여곡절 끝에 들른 두 곳은 'Agile' 그 자체였다. 예전 관공서와는 차원이 달랐다. 더군다나 환승이 환상적으로 이루어져 최종 목적지에 17시 33분에 도착했다. 진행한 일들을 무난하게 잘 마무리했지만 뭔가 개운치 않았다. 왜일까?

작금에 우리는 왜정과 항일독립운동, 해방과 한국 전쟁에 관해 극단적으로 의견이 대립하고 있다. 참으로 안타깝고 가슴 아픈 일이다. 훗날 사가들은 지금 시대를 한국과 조선의 양국 시대라 하지 않을까? 아직 이 시대는 결론이 나지 않았다. 지금 닥친 외교·안보적 사안은 나라와 민족의 근원적 문제가 아닐 수 없다. 내부적으로 기회의 불평등이나 양극화 같은 것도 큰 문제다. 이것을 극복하려면 결이 다른 (산업화와 민주화를 이룬) 두 세력이 함께 갈 수 있어야 한다. 그럴 수 없다 해도, 최소한 서로를 인정하고 협력의 상대방으로 인정해야 한다. 조화와 균형이 말로만 존재해선 안 된다. 가난하고 부당한 상황에 있는 백성도 우리 백성이고, 재산이 많아 지나치게 세금을 많이 낸다고 느끼는 분들도 우리 백성이다. 한쪽 편에만 선다면 갈등을 조장하는 지도자가 될 것이다. 하지만 어느 쪽을 지원하고 누구를 더 많이 보호해야 하는지는 언급할 필요조차 없다. 이미 많이 기울어졌지만, 조금이라도 맞춰보려 애써야 할 것이다. 저성장, 고령화, 청년실업, 저출산, 가계부채, 양극화… 당면한 이런 문제들을 해결할 수 있게 길을 열고 터를 닦아주는 분, 만백성이 함께 살 수 있는 나라를 만드는 분, 기본을 바로 세우고 사람답게 살 수 있는 사회를 만드는 분, 오직 나라와 백성을 위해 맨 앞에 서는 분, 그 자리에 가장 잘 맞는 사람을 알아볼 수 있는 혜안을 가진 분, 한미동맹을 굳건히 지키고 자주국방과 자주외교도 달성하는 분, 무엇보다 대부분 국민에게 이론 없이 존경받는 분… 이 전부를 갖춘 분은 어떤 분일까? 眞人? 彌勒?

어느 쪽도 틀리지 않을 때가 문제다. 모두 옳으면 일방적으로 한쪽 손을 들어줄 수 없다. 그럼 적절하게 나눠줘야 할 텐데 실제로 그렇게 하면 아무도 만족하는 자가 없다.

간이역마다 서던 비둘기호는 뭔지 모를 애틋함이 있었다. 시간이 맞지 않아 통일호를 타게 되면 지상낙원 같던 무궁화호가 그리웠다. 이제 낙원은 기본이 되었다. KTX는 이동으로 인한 피로가 비행기 수준이다. 발전의 끝은 어딜까? 이동시간의 단축은 예상하지 못한 다른 문제와 연결됐다. 수도권 집중과 지역균형발전이라는 상반된 키워드! 둘 다 잘될 수는 없을까? 인구가 감소하면서 소멸하는 지자체가 나올 것이고 폐교는 이미 오래전에 시작됐다. 반전을 위한 정책들이 많이 나와서 좋은 결실을 볼 수 있길 바란다.

기본을 지키는 것과 다른 사람을 배려하는 것은 다른 것이다. 당연히 해야 할 일을 하는 것과 해주면 고마운 일은 완전히 차원이 다르다. 세금을 내고 군대에 가는 것과 기부하고 봉사하는 것이 어찌 같을 수 있겠나? 돈이 아무리 많아도 의무 없는 돈을 내놓는다는 게 쉽지 않을 것 같다. 이러니 내가 부자가 될 수 없는 걸까? 정말 순수하게 반대급부 일도 없이 자기 시간을 뺀다는 게 쉬운 일인가? 돈도 써본 사람이 쓰는 거고 봉사도 해본 사람이 하는 거다. 놀고먹는 사람들이 제일 바쁘다. 하지만 아무리 바빠도 칩거는 좋지 않다. 당당하지 못할수록 나다녀야 한다. 그래야 변화와 첨단에 다가설 수 있다.

세상을 살다 보면 어떤 선택을 해야 할지 난감할 때가 있다. 여러 가지 감정이 뒤엉키고 사람들 사이에서 입장이 곤란한 경우! 바로 그 순간, 외부요인이나 몰랐던 규정에 따라 상황이 정리되면 오히려 감사하다. 진행됐다면 힘들었을 텐데 이러면서 다행이다 싶기도 하고, 많은 좋은 일이 생길 수도 있었는데 하며 아쉽기도 하다. 정말 알 수 없는 묘한 느낌에 사로잡힌다. 시원하기도 하면서 섭섭하기도 한… 무엇보다도 내가 한 결정이 아니니까 책임도 없고 미움을 살 일도 없다.

모든 세상일이 정확히 딱 떨어지지 않는다. 그 어떤 부스러기도 없이 이 지점에서 저 지점으로 갔으면 좋겠는데 그리되지 않는다. 그 어디도 이상 없는 완벽한 상태로 아침을 맞고 싶은데 단 하루도 그럴 수 없다. 주어진 일을 완벽하게 그려낸 것 같은데 조금 지나면 다 흐트러진다. 결국, 넘쳐 나는 티끌과 허물을 안고 순백의 영혼을 가슴에 묻는다.

여기가 끝인가? 그럴 때마다 항상 길이 열리고 방법이 생겼었다. 진짜 끝은 어떤 예고도 없이 불현듯 올 것이 분명하다. 그때 여한이 없었으면 좋겠다. 모든 것을 쏟아붓고 완전히 타오른 뒤 기쁘게 떠날 수 있기를!

08 에필로그

내가 어떤 사람인지? 어디 서 있는지? 태어날 때 어떤 패를 받은 건지? 무엇을 원하는지? 무엇이 되고 싶은 건지? 무엇을 갖고 싶은지? 무엇을 하고 싶은 건지? 그런 가장 기본적인 것을 너무 오랫동안 몰랐다. 성현들이 이미 오래전에 말씀하셨듯이 무릇 인간은 자신의 참모습을 알아야 한다. 그래야 비로소, 무엇을 할 수 있는지? 무엇을 원해도 되는지? 무엇이 될 수 있는지? 무엇을 가질 수 있는지? 이런 것들에 대해 틀이 잡힌다. 모든 것은 합리적이었다. 원래 난 아무것도 없었고 그 무엇도 아니었다. 가장 안타까운 건 긴 세월 동안 내가 붙들고 있는 것이 뭔지, 정확히 인식하지 못했다는 점이다. 이제라도 알았으니 다 놓아야 한다. 그래야 살 수 있다. 그나마 다행인 것은 인생은 언제나 지금, 바로 지금 이 순간부터라는 점이다. 이제 또 새로운 시작이다. 지난 일을 언급하다 보면 결국 변명과 합리화로 귀결되기 나름이다. 어설픈 포장

보다는 차라리 실패를 인정하는 편이 나을 수 있다. 실패는 그 어떤 변명으로도 합리화되지 않는다. 아름다운 추억이든 나쁜 기억이든 모두 지난 일이며 그 무엇도 되돌릴 수 없다. 이런 삶의 궤적은 그 이유가 무엇이든 남보다 부족한 것이고 여러모로 별로인 거다. 노력하면 된다고? 노력하는 게 능력이다. 열심히 하면 베스트가 나온다고? 아니, 절대 아니다. 열심히 할 수 없는 것, 베스트를 꺼내 들 수 없는 것, 그게 바로 능력의 한계다. 지난 일은 어쩔 수 없고 후회해봐야 소용없다. 아쉬움을 품어봐야 가슴만 미어질 뿐이다. 이런 경험을 통해 발전해야 하고 같은 실수를 반복하면 안 된다. 내가 선택한 삶의 의미는 헛되지 않으며 지키고 싶었던 소중한 가치는 가짜가 아니다. 그건 단 한 번도 움직이지 않았고 언제나 그 자리에 있었다. 나만 이리저리 분주했을 뿐이다. 가능성은 아무것도 아니다. 지금 이 순간에 집중 또 집중… 그것만이 삶의 유일한 방법이어야 한다. 고집 센 사람은 어떤 궤도에 오르면 그것을 잘 지켜내지만, 함정에 빠지면 좀처럼 빠져나오지 못한다고 누군가 말했다. 이럴 때 정말 필요한 것은 결단이다. 포기를 모르는 불굴의 인간이 아니라 특별히 할 일이 없었던 것이고, 이번 스테이지를 클리어하지 못했기에 다음으로 갈 수 없었을 뿐이었다. 이제 전원을 뽑아버려야 한다. 방법은 오직 그것뿐이다. 정해진 라벨은 어쩔 수 없지만 다른 클래스로 전입하는 것조차 불가능한 것은 아니다. Master Greg Maddux, The Heart of Liverpool, The Grand Design, 大覺, 亂世 英雄… 꼭 그런 게 아니면 어떤가? 티 나지 않게 묻어가면 어떤가? 분하고 억울했던 일들은 잊어야 한다. 지금 알 수 없는 일은 걱정할 필요 없다. 부러울 것도 위안 삼을 것도 없다. 그냥 나의 삶을 살면 된다. 자랑스러운 것도 없지만 부끄러운 것도 없다. 그냥 이게 나다. 유의미를 찾아 떠난 여행! 미래에 대한 막연한 기대는 치우고 과거는 모두 삭제했다. 의미는 원래 그 자리에 있었기에 굳이 찾을 필요가 없었다. 지금 강제 종료하지 않아도 곧 끝난다. 아무리 살고 싶어도 더 살 수 없는 날이 아주 가까이에 있다. 쓸데없는 소리, 헛소리, 막말… 후회해봐야 소용없다. 내게 진짜 맞는 일, 하고 싶은 일, 되고 싶은 일, 그걸 찾아 헤매다 보니 어느 길도 들어서지 못하고 종착역에 다가섰다. 참 우습지, 아직 시작도 못 했는데 끝이 보이다니! 정리는 바로 보는 것이다. 바로 보면 선택의 결과가 무엇이든 받아들일 수 있다. 바로 지금 이 순간부터 진정한 시작이다. 보이지 않는 미래에 대한 막연한 기대나 부질없는 상상이 제일 나쁘다. 멀리 있는 일들은 생각하지 말고 지금 닥친 일들만 고민해야 한다. 커다란 프로젝트별 계획은 밑그림만 그려 놓고 일일 계획, 일주 계획! 한발, 한발 아주 조금씩 앞으로 가야 한다. 깃털처럼 가벼운 게 이승의 삶이라 했다. 필부의 미망, 망정… 모든 게 그 안에 있다. 새로운 곳에 빠른 적응력, 서서히 스며들어 어느덧 녹아 있는 것! 그것이 진짜 강한 거다.

착각과 오해는 정정하고 임의로 설정했던 것들은 모두 제자리에 돌려

놓았다. 어쩌면 '천기대요'와 '무진기행'에서 이미 끝난 것인지도 모르겠다. '동방불패', '중경삼림', '베로니카의 이중생활' 그것들은 아직 진행 중이다. 아니 그렇게 믿고 싶다. 하지만 혼란 속의 사춘기 소년은 긴 터널을 지나 수많은 의문에 나름대로 해답을 얻었다. 전부를 날리고 의미 있는 흔적을 갈구하며 떠난 여행! 적절한 준비 없이 접수하면 그것은 그냥 개꿈이나 망상일 뿐이다. 만방의 오백 승 뒤 또 다른 봄을 맞아 늘 고뇌했었다. 어떤 특정 좌표를 향해 달리는 삶은 그곳에 도달하면 공허해지고, 실패하면 처참해진다. 그 과정이 길어지면 모든 것이 변하여 피폐한 몰골이 되고 만다.

목표 설정의 오류와 잘못된 선택으로 모든 것은 멈춰 버렸고 그 무엇도 할 수 없었다. 아무도 날 기대하지 않는다. 세상은 한 사람의 힘으로 바뀌지 않는다. Consensus! 주어진 운명을 거슬러 다른 삶을 살려고 하면 세상의 끝을 보게 된다. 인생의 출발점에 서기 위해 준비했는데 그 준비가 내 인생이 되고 말았다. 세상이 만들어놓은 선을 넘어 나만의 영역을 만들 수 있어야 경쟁 상태가 될 수 있다. 그러나 다시 돌아가기엔 너무 멀리 왔다. 그냥 이대로 다 덮어야 한다. 모든 것은 끝났고 세상은 저만치 갔다. 실패가 명백해도 어쩔 수 없이 앞으로 가야 할 때가 있다. 뚜렷한 방법이 없으면 이러지도 저러지도 못하게 된다. 거대 담론? 역사적 소명? 크게 한 번 웃어본다.

수십 년 동안 아무렇게나 타이핑한 메모들이 언제부턴가 부스럼처럼 느껴지기 시작했다. 낙서를 지우고 전부 초기화하기로 했을 때 이렇게 긴 시간이 걸릴 줄 몰랐다. 우선 커다란 윤곽을 잡고 주제별로 분류한 뒤 문장을 만들었는데 그것들이 모여 단락이 되었다. 거기까지도 쉽지 않았다. 끝없이 이어지는 의문과 잡으려 해도 잡히지 않는 그 무엇에 고통받았음을 고백한다. 완성했다고 생각하고 마지막으로 한 번만 더 봐야지 하면서 몇 문장을 바꿨다. 그렇게 마지막 한 번이 여러 차례에 걸쳐 몇 달간 이어졌는데 더는 안 될 것 같아 그냥 중단하기로 했다. 이러다가는 정말 끝이 없을 것 같았다. 끝없이 이어지면 결국 죽어야 끝날 것이다. 하루 중 많은 시간을 본 것도 아니고 매일 본 것도 아니다. 하지만 불현듯 떠오르는 것들이 나를 붙들고 늘어졌다. 문장 몇 개가 바뀌면서 완전히 다른 논조의 단락이 되기도 했고 새롭게 끼워 넣거나 끝내 뺀 것들도 있다. 합치고 나누고 문장을 바꾸고 이게 도대체 정리인지 파쇄인지… 어쩌면 완전히 새로 쓴 것인지도… 무엇이 본질이든 철 지난 것들을 치우고 새로운 모토를 꺼내려 했다. 뭔가를 끝없이 정리하면서 다듬었지만 만족스럽지 않다. 계속 흔들릴 때 방법은 오직 하나, 특정 시점에서 일시 정지하여 그 캡처본을 완성으로 간주하는 것뿐이다. 아무리 습작수준의 데뷔작이라도 기본적인 완성도는 필수라고 생각하지만 더는 시간을 쓸 수 없기에 기약 없지만 그건 다음으로 미루기로 했다. 수십 년이 뒤엉켜 모순된 가치가 혼재하지만 일맥상통하는 줄기가 있다. 같은 단어가 정반대로 정의되는 것은 둘 다 맞기 때문이다. 똑같은 사건이 여러 해에 걸쳐 비슷하게 기록된 것을 보며 웃었다. 이런 게 최대 관심사라니 어이없기도 했다. 한 맺힌 걸까? 살짝 미소지어본다. 도저히 하나로 만들 수 없는 것들은 어쩔 수 없이 여러 개의 버전으로 그냥 두기도 했다. 연관성 있는 것들을 묶기도 하고 일부러 흩트려 놓기도 했다. 그저 어지럽게 널브러진 수많은 객체를 질서 있게 모두 주체로 만들려고 했는데 아직도 개운하지 않다. 분명 맨 끝에 뭔가 나온 것 같긴 한데, 하나가 아닌 것 같기도 하고, 하나인 것 같기도 하다. 꼭 하나일 필요는 없지만, 마음에 차지 않고 뭔가 언짢은 느낌이 있다. 기야말로 성이고 번뇌야말로 보리라 하지 않던가? 참모습의 얼개를 열 수 있다면 붙들고 있던 게 뭐였든 상관없지 않을까? 수만 가지 해석이 가능하다면 앞선 현상마저 자유일 수 있다. 앞으로 그렇게 살아가고자 한다.

차마 올리지 못한 것들도 많다. 대체로 지나치게 개인적이거나 꺼내들기 힘든 것들이다. 이미 심한데 정도껏 하는 게 맞지 않나 싶었다. 아니 어쩌면 그것들이 진짜일지도 모른다. 여러 사정 고려하여 뺀 것들, 울퉁불퉁하지만 미워하지 않는다. 다듬을 수 없는 것들은 그대로 놔뒀다. 그렇게 일정 기간 존재하다 어느 순간 휴지통이 비워졌다. 빠진 것들로 인하여 본질이 바뀌진 않는다. 내가 찾던 의미와 본질에 가까워지고 싶었다. 벌거벗는다고 다 보여주는 건 아니다. 그냥 몸이 드러날 뿐!

많은 걸 드러냈지만 실은 아무것도 보여주지 않았다. 많은 말을 했지만 실은 아무 말도 하지 않았다. 가공되지 않은 원래의 모습은 항상 옳다. 평범한 소시민의 일상에도 삶의 본질이 있는 법이다. 그런 삶들이 뭉쳐져 인간사회를 드러낸다.

질서 있게 정돈하다 보니 내 안에 있던 불손한 자들을 흐릿하게나마 보이게 된 경우가 있다. 다 지난 일들을 다시 꺼내 뭘 어쩌려는 게 아니다. 폭로하고 고발하고 곤란하게 하려는 것은 더욱 아니다. 가상의 상자 안에 넣고 완전히 봉인하여 내 안 어딘가 후미진 섹터에 가두려는 것이다. 그들이 스스로 탈출하지 않는 한 영원히 개봉하지 않을 것이다.

알파벳과 한자를 있는 그대로 기용하는 것이 두렵지 않다. 그 자리에 가장 잘 어울린다면 또 다른 무엇이라도 상관없다. 어떤 경우에도 이 우주에서 가장 위대한 한글은 흔들리지 않는다.

이 안에 모든 것들이 祖師들의 가르침을 확인하고 연습하는 과정에서 나온 것들이다. 어디선가 본 것들을 각주 처리하지 않고 인용한 듯 문장으로 녹인 것들이 많다. 하지만 누군가 한 말을 그대로 복사해서 붙인 것은 없다. 다만 (미처 다 살피지 못했지만) 비슷한 정리는 차고 넘칠 것이 분명하다. 여기 있는 모든 게 특별하지 않고 누구나 알고 있는 얘기들이기 때문이다. 결국, 결론은 같고 핵심은 다 통하는 게 아닐까? 중요한 건 공감이다.

어느 유행가 가사처럼 언젠가 알게 될 마지막 진실은 너나, 나나 다 어리석다는 것이다. 이런 정리를 통해 사람들의 공감을 얻고 한 번쯤 참고 사항으로 분류되길 기원한다. 완전히 다르게 이해한 결괏값이 여럿 생긴다면 최상이다. 가장 좋은 시나리오는 한 번 읽고, 씩 웃은 뒤 버려지는 것이다. 그 이상 아무것도 없다.

지금까진 뭘 해도 되지 않았다. '어쩌겠나? 그리된걸!' 볼 수 있는 게 보이는 것이고 들을 수 있는 게 들리는 법이다. 세상일이 모두 딱 거기까지다. 이제 근본적인 견해변경은 없을 것 같다. 확실하진 않지만 그러리라 생각된다. 지난 살아온 얘기를 얼추 정리했고 이제 살아갈 얘기를 할 차례다. 드디어 앞으로 갈 수 있게 되었다. 날려버린 모든 것들, 그냥 날아간 모든 것들! 이제 모두 안녕! 지금, 이 상황에서 어떻게 할 것인가? 이제 난 뭘 해야 할까? 이제 진짜 무슨 일을 할 수 있을까?
2024/03/20

메모 정리

지은이소개   @chonglim1023

+ ISBN I 979-11-984727-0-0

+ 초판 1쇄 발행 I 2024년 4월 11일

+ 지 은 이 I 청림처사(靑林處士)

+ 출 판 사 I 에메랄드그린

+ 블 로 그 I blog.naver.com/emeraldgreenverlag

+ 인 스 타 I instagram.com/emeraldgreenverlag

+ 카 카 오 I 에메랄드그린(@emeraldgreenver)

+ 주   소 I 서울시 강동구 고덕로47, 3층 303-43호

+ 메   일 I emeraldgreenverlag@naver.com